一瞬の永遠を、きみと

沖田 円

JN211398

STARTS
スターツ出版株式会社

灰色に濁ったわたしの世界を
白く彩るために舞い落ちた
ただひとつの、真夏の奇跡。

きみは
青空の下に降り注ぐ
淡い淡い、雪だったのかもしれない。

目次

一瞬の永遠を、きみと

第一章

さよならの前に

タイムリミットはもう過ぎた。

自分との約束が終わったあとに残ったのは、何もない、ただの空っぽだけだった。

夏休みの校舎はいやに静かだ。

聞こえるのは、運動部のかけ声と吹奏楽部の金管の響き、そして自分の足音と蝉の声だけ。静かすぎてやけに落ち着かなかった。普段の学校はいつだって、鬱陶しいくらいに人で溢れていて、どこにいたって騒がしいから。

窓を閉めきっているせいで熱気がこもった廊下には、他の誰の影も落ちていない。わたしのシューズだけがワックスの塗られた床を踏みつけて、ペタペタと間抜けな足音が、廊下の端まで響いていく。

屋上へ続く扉の鍵が壊れていることは知っていた。わたしだけじゃなくて生徒のほとんどが知っていることだ。最上階の四階からさらに上に続く階段には〝立ち入り禁止〟のロープが張られている。それを躊躇うことなくまたいで、校則では立ち入ることが許されていない屋上への扉を開けた。

風が吹いていた。生ぬるくて、涼しくはない真夏の風だ。お世辞にも爽やかとは言えないまとわりつくような粘った空気だった。

五日前から続いている快晴は本日も見事に継続中だ。

見上げた空は青かった。近くて何もなかった。太陽だけが真上にあるけれど、あまりにも眩しくてとてもじゃないけど直視できなかった。

屋上には〝立ち入り禁止〟に甘えているのか転落防止のための柵がついていない。だけどもしかしたら近いうちちつけられることになるのかもしれない。そう思いながら、わたしは屋上の縁に足を置いた。

真下はグラウンドから裏門までの細い通りで、夏休みで人も多くないこの時期に通りかかる人は滅多にいない。

ここからあの地面までどれくらいかかるんだろう。あっという間か、それとも、実際よりも長く感じるのだとしたら——もし、これまでの記憶が目の前に流れるとするのなら、わたしは最期に一体何を思い浮かべるんだろう。

ひとつ呼吸をした。目を瞑って、もう一度足元の先を見る。

恐怖はある。だけどたった一瞬だ。どれだけ長く感じたって本当は一度瞬きをするくらいの短い間の出来事だ。たったそれだけで何かもが終わるなら、死ぬほどの恐さも痛みも耐えられる。

いつの間にか固く握っていた手のひらは汗でべったり濡れていた。白くなった指先をゆっくりと開きながら、足を一歩、前に出す。

ぬるく、肌にまとわりつくような風が吹く。

息を吸うと夏の匂いがした。蝉の鳴き声がどこか遠くで聞こえている。見上げた空はどこまでも青くて、その中で、太陽だけが白く輝いて、まるで神様みたいに世界を照らしていた。

額の汗を拭って目を閉じる。暗闇の中で何かを思い返そうとしたけれど、何も思い浮かばなかった。

自然と、息を止めた。

右足を、宙に投げ出した。

「なあ」

声が聞こえた。

落ちかけた右足が屋上の縁ぎりぎりで止まる。どん、と体の奥で何かが爆発した。途端外にまで聞こえそうなくらい心臓が激しく鳴り出す。半分縁の外へはみ出した右足の先を見下ろした。そのずっと下へ、垂れた汗が落ちていった。

「なあ」

もう一度声が呼ぶ。心地いい低さの男子の声だ。

誰を呼んでいるんだろうと思った。決まってる、そんなのわたししかいない。だってこの屋上にはわたししかいないんだ。そうだ、わたししかいなかった。他の誰も、いないと思っていたのに、だからこそ今に決めたのに。

こんなところを人に見られてしまうなんて。

「なあ、おまえだよ。聞こえてるんだろ」

その声は少しじれったそうにわたしに向かって言った。聞こえないふりはさすがに無理だった。いなくなるのを待つのも、無視して続けるのもできなくて、わたしは観念して声のしたほうを振り返った。

そこには、わたしがついさっき通ってきた、鍵の壊れた古い扉がある。だけど人影はない。

……まさか、空耳？

いや、でも確かにはっきりと聞いた。聞き間違いでもなんでもなく、あれは確かに誰かの声だった。だけど誰もいないってことは、まさかとは思うけど、こんな状況になって幽霊の声でも聞いたのだろうか。

そう思いかけていたとき。

「上」

つられて顔を上げた。

そこは階段へ続く壊れた扉のちょうど真上で、わたしがいるこの場所よりも少しだけ空に近い場所だった。

「遅い、気づくの」

目が、印象的だった。それがとても黒く見えるのは、たぶん肌が対照的に雪のように白いからだ。重苦しいほどの濃い青の背景に比べてあまりにも透明で、だから一瞬本当に幽霊を見てしまったのかと思った。

間に風が吹いた。

息を止めてじっと見つめるわたしを、向こうも観察するように眺めている。けれど表情は真反対だ。あっちは、薄いくちびるの端を自然に上げて、真夏の太陽の下には似合わない涼しげな顔で微笑んでいた。

誰だろう。見たことのない男子だ。緑色のネクタイをしているから、一年生、つまりわたしと同じ学年だとはわかるけど……こんな人うちの学年にいただろうか。全員の顔を覚えているわけじゃないけれど、この人みたいな目を引く見た目の人ならいやでも印象に残りそうだ。

と、そこでわたしはようやく目の前の男子のある違和感に気づいた。どうしてかその人はシャツ一枚着ているだけでも汗ばむこの季節に、分厚いベージュのカーディガンを羽織っているのだ。腕まくりもせず、暑がる様子もなく、わたしが梅雨に入る時季にはとっくに脱ぎ捨てていたカーデを今頃に着ている。

サアッと血の気が引く音がした。まさか、本当に幽霊じゃないだろうな。

「なあ、おまえさ」

びくっと肩が揺れる。それに気づいたのか、もしくは別の理由でか、見上げた先の大きな瞳がわずかに細められる。微笑んだままのくちびるの隙間から通りのいい滑らかな声が聞こえた。

「今、死のうとしてただろ」

直球だな。オブラートに包みもしないその言葉のおかげでガチガチに引きつっていた顔が少しだけ笑えた。もちろん楽しいふうにじゃないけれど。

やっぱり気づかれていたらしい。わたしが今から自殺しようとしていること。この屋上から飛び降りて自分の命を終わらせようとしていることを。

もしかして幽霊だから死にたい人の気持ちとかわかったりするのかな。いや、考えてみれば誰だってわかるか。だってこんな状況で、飛び降りる以外何をするっていうんだ。

「当たりか」

短く呟いてくつくつと笑う。

その綺麗な表情を、わたしは身動きひとつ取らずに見ていた。こくりと唾を飲み込む音が大きく響く。喉がからからに乾いていた。こめかみから、拭ったばかりのはずの汗がまた流れていた。

「わたしは」

自分のものとは思えない声が喉から出る。その後に続いて漏れたのは震えた息だった。一度くちびるを噛んで、それから大きくはなく息を吸った。

遠くから野球のボールが飛ぶ音が聞こえた。

「止めないで」

誰にも見られたくはなかったけれど、見られたならしかたがない。その代わりに何も言わせない。ここまで来て、見ず知らずの人に邪魔なんてされたくはない。

決めたんだ、わたしは今日ここで死ぬんだと。

持っていたすべてのものを捨てて、この世界から消える。

「決めたんだよ。だから止めても無駄だから」

「止めやしないよ別に。好きにしろよ」

「え?」

思わず聞き返してしまった。

止めてほしくないのは本心だ。でもあまりにもあっさり言われるから驚いた。だってふつう、目の前で人が死のうとしていたら何かしら止めさせようとするものだろう。

声までかけておいて止める気はないだなんて薄情にもほどがある。

「ああ、なるほど。幽霊だから道づれにしようとしてるんでしょう。だったら納得」

「はあ？」

わりと真剣に言ったわたしの言葉を、斜め上の男子は素っ頓狂な声と笑いであしらって、楽しげな顔のままで続けた。

「おまえの命はおまえのものだろう。それをどう扱おうが、口を出す権利おれにはないよ。だから止めない。死にたいなら死ねばいい」

首を傾げる仕草で少し長めの黒髪が額の上を流れた。大きな瞳が瞬きをする。微笑みは相変わらず、重い夏の空気に似つかわしくない。

「なら、早くどこかに消えてよ。そこにいられると気が散るから」

踵を返し背を向けた。爪先をもう一度屋上の縁ぎりぎりに合わせた。シューズの先の、学年の色である緑に染められた部分だけがはみ出るように足を置いた。シューズはまだ数ヶ月履いただけだから綺麗なほうだ。飛び降りるとき、靴を脱いで置いておくのが常とうみたいだけれど、いかにもなのは苦手だからそのまま履いておくことにした。

ここから一歩、足を踏み出すだけ。

たったそれだけのことで、ほんの一瞬、ひとつの呼吸すらし終わらない間にわたしはこの世から消える。

この選択が正しいものじゃないってことはわかってる。自分で自分の命を消すなんて何をどう考えたって不幸な結末にしかならない。良いことなわけがない。それでもわたしに選べるものはこれしかない。

だから、悲しいのも苦しいのも全部抱えてそのまま消すんだ。何も残らないように。あとから誰が何を言ったとしても、自分だけはこれでよかったと思えるように。

「なあ」

何度目かの声が聞こえた。

だけどもう振り向かなかった。

わたしがこれから何をするかわかっていて、それを止める気もなく、その場を離れようともしないのなら、それでいい。こっちも構うことはしないから勝手に見ていればいい、ここからわたしが落ちていくところを。

じりっと小さな音を立てながら右足を動かした。

あの男子は、足を踏み出そうとするわたしの背中をどんな気持ちで見ているんだろう。知る由もないし、知る術もないしどうでもいい。見たかったら見ていればいい。あいつが本当に幽霊で、わたしを地獄にでも道連れにしたいなら、こっちとしては願ったりだ。

きっとまだわたしを見下ろしているのだろう誰かの表情なんてもうわたしにはわからなかった。ただ、背中からの声は、いまだのんきに「なあ」とわたしを呼ぶ。

「なあ、お願いがあるんだけど」

今まさに死のうとする人間を目の前にしているにしては、朗らかすぎる口調だった。

短く息を吸って長く吐き出した。止めるなと思っても自然と足は止まる。だけど振り向きはしないわたしに、その声は、こう言った。

「今ここで死んだつもりで、少しの間だけおまえの命、おれにくれない？」

さいごの始まり

風が吹いた。

何かをはらんだような、夏の匂いのする温い風だ。

それに乗ってひらりと飛んできた楠の葉の向こうで、黒い瞳がわたしを見ていた。

思わず、振り返ってしまっていた。

この人今、なんて言った？

聞き間違いじゃなければ命をくれとか言った気がするけれど。馬鹿なのかな。意味わからない。つまり死ねってことなのか死ぬなってことなのかもわからない。

……もしかしてこの人、幽霊じゃなくて死神？　だとしたらこの妙な言葉にも頷けるけれど、ただ、それにしては綺麗で眩しすぎる気はする。どちらかといえば、見た目だけなら、この人は天使みたいだ。

ぽかんと立ち尽くすわたしに、幽霊のような死神のような人はふわりと笑って自分のほうへと手招きをする。

「こっち来て」

顔をしかめずにはいられない。でもどうしてか無視することもできなかった。ほんの少しだけ考える時間を置いて、わたしはそいつのそばに近づいた。真上にある太陽からも影になるくらい真下だ。ぐっと首を曲げて見上げれば、暗く陰った見慣れない顔が微笑んでいた。

「じゃあ、ちゃんと受け止めろよ」

は？　と思ったけれど声を発する間もなかった。

そいつが降ってきた。

「っぶ!!」

まずぶつかって体の前半分、それから倒れて後ろ半分。衝撃。それから激痛。じいんと体中にしびれが響く。

突然すぎて一瞬何が起こったかわからなかった。ただ全身が死ぬほど痛かった。本当に死ぬなら構わないけれど、死にはしない程度の死ぬほどの痛みなんてお呼びじゃない。

「うう、痛ったあ……！」

「おい大丈夫か？」

うめき声を上げているとさっきまでより随分近くから声がした。強打した背中を押さえながらまぶたを開けると、わたしを心配そうに覗き込む顔が見えた。

「ありがとうな、助かった」

くしゃりと無邪気に笑う彼から伸ばされた手を、わたしは体中の痛みに悶えながら掴んだ。蒸し暑い空気とは対照的に、驚くほど冷たい手だった。

「ありが……」

とう、と続けようとして、気づいた。そんなことを言っている場合じゃない。そもそも原因はすべてこいつだ。

「どうかしたか？」

まるで悪気がないようにこてんと首を傾げる姿に腹が立つというよりはすっかり呆れた。どうかしたか、なんて、どうかしたに決まってる。

だって今こいつ、わざと、わたしに向かって落ちてきたんだ。

「……ありえない」

まず人の上に落ちてくることがおかしい。百歩譲ってあったとしても逆だ。男の子のが力が強いんだからそっちが受け止めるほうじゃないのか。なんでわたしが心の準備すらできないまま見ず知らずの男の下敷きにならなきゃいけないんだ！

「だって、ハシゴを使うのは面倒だし、だからってコンクリートに飛び降りたら、きっとおれ大けがする」

今ならこいつを殴り倒しても許される気がするんだけどどうだろう。

だけど当の本人はそんなわたしのほのかな殺意にはこれっぽちも気づいていない様

子で、掴んだままだったわたしの手をさらにきつく握る。

「藤原朗《ふじわらろう》」

風に前髪を揺らし、その人——藤原朗はゆったりと呟いた。

眉間にしわを寄せつつ呆気に取られるわたしに、朗は軽く目を細めながら楽しげに笑う。

「おれの名前。おまえは？」

あまり体格は良くないけれど、わたしよりも少し背の高い朗の瞳をわたしは見上げる形になる。その黒い瞳は近くで見れば見るほど、夜を迎えようとする空みたいに、どこまでも透けてしまいそうなくらい澄み切っていた。

「……竹谷夏海《たけやなつみ》。夏の海って書いて、なつみ」

自然と呟いていた。

もう二度と、口にすることも、呼ばれることもないと思っていたわたしの名前だ。

「夏海。そうか、夏の海ね」

朗は、確かめるように何度かわたしの名前を口にした。聞きなれた自分の名前が、朗の声で聞くとなんだか不思議な響きに聞こえた。

「よし、じゃあ行こうか。夏海」

そして朗はわたしの手を引いたまま、階段へ続く扉を開ける。

「え、ちょ、ちょっと待って！」

声を上げて足を止めるわたしに朗が怪訝そうな顔で振り返る。

「何」

「行くって、どこに。それに、そもそもわたし一緒に行くなんてひと言も言ってないんだけど」

勝手に話を進められたら困る。命をくれないかと、確かにそう言われたけれど、それに「うん」と頷いた覚えはない。わたしは今日ここで死ぬと決めたんだ。こんなよくわからない人に付き合う気なんてさらさらない。

「離して」

さっき、わたしが命をどうしようと口を出す権利はないって自分でそう言っていた。だったらわたしのすべてに構わないでほしい。放っておいてどこかに行ってくれればいい。わたしは早く何もかも、自分自身すら捨てたいのに。

どうして今、わたしの手は掴まれているんだろう。

「そう言うなよ。死ぬことなんていつでもできるんだから、今は今しかできないことをしてみたらどうだ」

「……今しかできないことって何？」

「たとえば、おれのわがままを聞くこととか」

朗を見つめ返して立ちすくむ。笑う顔に言い返せないのは呆れすぎているせいだ。

「お願いだ夏海。行きたいところがあるんだ。そこに付き合ってくれるだけでいい」

もしかして遠まわしにわたしの自殺を止めようとしているのだろうかとも思った。

でもたぶんそうじゃない。

本心で、自分自身のためだけに言っている。ひとりじゃできない何かのためにわたしを欲しがっている。たぶん、わたしを選んだのはたまたまだろうけれど、それでもここでわたしを見つけて、一緒に行こうとわたしの手を取ったのだ。

あまりにも自分勝手だ。そんなものに無理やりわたしを巻き込んで、わたしの命の期限を延ばすなんて。

「……」

汗ばむわたしの手のひらとは反対に、朗の手は雪のように冷たかった。

正面の瞳を見つめ返す。こんなふうに誰かと目を合わせることが、またあるとは思いもしなかった。

見上げた空は青い。

何もかも、どうでもいいやと思った。

「いいよ、行ってあげる」

膨らんだ空を仰いで言った。もうどうとでもなれと投げ遣りに答えたけれど、視線を戻せば朗は満足そうに笑っていた。

「ありがとう、夏海」

吹いた風は、気持ち悪いくらいに生ぬるくてほてった体を冷ましてはくれない。それなのに、朗のまわりの空気だけは、なぜだか晴れた冬の日のように透明で涼やかに感じた。

「朗」

初めて口にした名前。慣れない響きなのに、不思議と心地よくくちびるになじむ。

「何?」

「朗って、やっぱり幽霊なの?」

聞くと、朗は「はあ?」と声を上げ、それから大声で笑い出した。

「幽霊って、なんだよそれ。そう言えばさっきもそれっぽいこと言ってたな」

「だってこんなに暑いのにカーデまで着て汗ひとつ流してないし、手だって、すごく冷たいし」

もごもごと口の中で呟くと、朗はゆっくりと息を吐き、笑顔は残したままでわたしを見た。

「まあなあ、確かにおかしいだろうけど。でも、一応生きてるから安心しろ」

「そうだよね。ごめん、変なこと言って」

「別にいいけど。でも、幽霊だなんて言われたのは初めてだ」

　また声を上げて笑う朗に、恥ずかしくなって目を伏せて、代わりにつながった手のひら同士を眺めた。朗の手のひらはわたしより大きいけれど、少し日に焼けた程度のわたしの肌よりずっと白くて、それから驚くほど冷たい。表面だけじゃなく中のほうまで温度がまるでないみたいに冷え切っている。

　朗は、真夏なのに分厚いカーディガンを羽織って、それでも涼しげな表情をしている。冷たい手も、肌の白さも、それから同じ学年なのにわたしが朗のことを知らないことも。いろいろと普通じゃないのは明らかだ。そこには何か理由があるはずで、それが気にならないと言えば嘘になってしまうけれど、でも聞く必要は無いと思っている。朗がわたしに何も聞かないならわたしも朗を知らなくていい。朗が何も言わないうちは。どうせすぐ、終わるつながりだ。

「ほら行こう」

　朗がわたしの手を引く。今度は立ち止まることなく、その冷たい手に引かれるまま足を進める。少し癖のある黒髪が目線の少し上で揺れていた。それを追いかけて、静かな廊下に二人分の足音を立てた。

　一体何をしているんだろうと思った。死のうとしていたはずなのに、なんでこんなことになったんだろう。頭ではそう思いながらも足は止めなかった。なんでなのかはまだ自分でもわからない。

本当ならもう死んでいるはずのわたしのほんのちょっとのおまけの人生が、少しずつ過ぎていく。

「ねえ、どこに行くの」

目の前のベージュのカーディガンに向かって声をかけると、その答えは間を置かずに返ってきた。

「おまえの名前と同じところだ」

「わたしの名前?」

ということはつまり、もしかして。

朗が、楽しそうに笑いながら振り返る。

「海に行くんだ」

旅の目的地

　わたしの手を握ったまま、朗はずんずんと静けさの漂う校舎を進んでいく。相変わらず廊下にひと気はなくて、いつの間にか金管の音も聞こえなくなっていた。

「ね、ねえ！」

　必死で後ろを追いかけながら華奢な背中に呼びかけると、朗は振り向かないまま「なんだ？」と答える。

「海に行くって言ったけど、そこまでどうやって行く気なの？」

　口で言うのは簡単だけれど、実際に行くとなると話は別だ。たとえばここが海辺の町なら問題はないのだろうけれど、あいにくわたしたちが住んでいるこの場所は、山と田んぼばかりの内陸の町。海なんて、簡単に行ける場所じゃない、のに。

「さあ」

「さあって、何も考えてないの？」

「そうだな、方法まで考えてなかった。海ってどうやったら行けるのかな」

　足を止めないまま、朗は顔だけわたしに振り向いた。馬鹿にしているのかと思ったけれどからかっている表情ではない。ということは本気でそう訊いているのだろうか。

そのほうがよっぽどたちが悪いけれど。

「一番いいのは電車じゃない？　乗り継いだりして二時間弱くらいかかるけど」

「そうか。じゃあそれで行こう」

「でもわたしあんまりお金ないよ。電車賃足りないと思う」

死ぬつもりでここに来たんだからたいしたものは持っていない。今あるのはスマホと、スカートに入っていたがまぐち財布の中身の少しの小銭だけ。確か海辺の街までは随分遠くて運賃も安くはなかったはずだ。この金額じゃ、とてもじゃないけど海までの電車になんて乗れそうもない。

「朗がわたしの分も払えそうなら問題ないけど」

むしろついていってあげるんだからそれくらいは当然だ。

「いや、ならだめだ。おれもない」

「は？」

「だからお金、おれも持ってないんだ」

「は？」と思わずもう一度言った。まさか海に行くなんて言い出しておいてお金を持っていないなんて。そもそも、お金を持っていないくせに海に行くなんて言い出したのか。

「本当にないの？　ちょっとくらいあるでしょ。別にホテル泊まろうなんて言ってるわけじゃないんだから、電車代くらいあるんじゃないの」

「だからないんだって」

「一円も？」

「一円も」

「そんな人っている？」

「今おまえの目の前に」

朗は短く答えて笑うと、少し考えるように黙ったあと、前を向いたまま呟いた。

「なあ、お金がなきゃ海には行けないのかな」

行く術がないのに、それでも足を止めない朗に、呆れることすらできなかった。本気で言っているのか、それともやっぱり馬鹿にされているのだろうか。

「あたりまえでしょ。お金がなかったらバスも電車もタクシーも乗れないんだよ。それなのにどうやって海に行くって言うの。無謀にもほどがあるって」

ここから海に行くには、なんでもいいから交通機関を使う必要がある。それにはお金がなければ乗ることはできないなんて小学生どころかもっと小さな子どもだって知っていることだ。

「……」

朗がまた、考え込むように口をつぐんだ。その後ろで朗に聞こえないように小さくため息を吐く。

……この人は一体何を考えているんだろう。何かしらを考えてはいるようだけど、まともなことだとは到底思えない。それともわたしがからかわれているだけなのだろうか。いやむしろそうだと言ってほしい。でなければそろそろついていくという決心が揺らいでしまいそうになるから。

「なあ、夏海」

朗が、足を止めてくるりと振り向いた。

「おまえ、自転車は乗れるか？」

「え？」

「だから自転車」

自転車、とつられて呟くと朗が頷いた。

「乗れるか？」

「乗れるけど」

「そうか、なるほど」

いやいや、なるほどって何。だからなんだ。今はそんなこと心底どうでもいいはずだけど。なんで今わたしが自転車に乗れるかの確認をしなければいけない？　この流れでなぜその質問？　それに大抵の高校生は聞くまでもなく自転車くらい乗れるのが普通だと思うけど。わたし、そんなにどん臭く見えたかな。

「あのさ、本気で海に行きたいならもっとちゃんと真面目に方法考えなよ」

だいたい、まずもって考えておくべきだ。わたしを掴まえる前に。本来なら、お金を持ってさえいれば悩まずに済むような簡単なことなのだから。

「考えてるよ、真面目に。本気で行きたいから。だから確認したんだろ」

「何を」

「おまえが自転車に乗れるか」

「だからそれがどうしたの？」

「自転車は、近くにあるのか」

「あるけど、すぐそこに」

そろっと指で駐輪場の方向を差すと、ここからじゃ見えないけれど朗は指差した先に目を向けた。普段自転車通学をしているから、今日も、そうして自転車で来た。もう乗ることはないつもりでいつもの場所へ置いてきたのだ。

「そうか、ならいい」

なぜだか意味ありげに微笑んで、朗はまた歩き出す。わたしはその冷たい手に引かれながら考える。信じ難くはある。普通に考えるとない。絶対ない。だけど今の話の流れだと行き着く答えはたぶんひとつだ。

「ねえ朗」

　呼ぶと、朗は「ん？」とわたしを見ないで返事をした。前を行く背中、揺れる黒髪、冷たい手はわたしの手を引きながら、どこかへ向かおうとしている。どこへ向かっているのか、本気だと言うさっきの言葉を信じるのなら、彼が目指しているのは遥か道の果て。

「まさか、海まで、自転車で行く気じゃないよね」

　本当に、まさかとは思うけど。

「そうだよ。それならお金はいらないだろ」

　いや、確かにお金はいらないけど。

「無理に決まってるでしょ！」

　足を止めて声を上げた。さすがに驚いたのか朗も立ち止まって振り返り、目を丸くしてわたしを見た。

「どうした夏海、急に大声出して。びっくりするだろ」

「こっちがびっくりだよ！　どうしたも、こうしたも、ここから自転車で海になんて行けるわけないってば」

　無茶苦茶すぎる、そんなこと。車でだって何時間かかるかわからないのに、自転車で行こうだなんてどんな無謀な考えだ。普通ならそんなこと考えない。計画を練って準備をして実行するならわかるけど、こんなあまりにも突発的で無計画な旅、うまくいくわけない。

「そうなのか、無理なのか？」

「無理だよ。距離がどれだけあるか知ってるの」

「すごく遠いことは知ってる」

「そうだよ、すごく遠いんだって。そんなところに自転車で行けると本気で思ってるわけ？」

「わからない。行ったことがないから。どうなのかな」

「どうなのかなって。あのさ、そんなこと、考えなくてもわかるんだって、普通」

そう、普通なら。

自分で言った言葉で気づいた。さっきから朗の言うことはどうにもおかしなことばかりだ。そのくせ本人は真面目に言っているからタチが悪い。冗談だったらわたしだって笑い飛ばしてあげたけど、そうしないのは、朗が本気だからだ。

どうしてだろう。どうして朗はこんなにも、何も知らない？

明らかに変なのはさっきから気づいている。外見だって中身だって、どうしたって普通じゃない。

「ごめん」

朗が呟いた。

どきりとした。咄嗟に目を逸らしたのは、わたしに向く表情が変わったのに気づいたからだ。

「ごめんな夏海。何もわからなくてごめん。怒らせたなら謝るけど、でも嫌にはならないで」

声は消え入りそうなのに、わたしの手を掴む指先には力が込められた。心臓が重く鳴る。少しだけ、奥歯を噛み締めた。

馬鹿らしいと思うなら、この手を振り払って走って逃げればいい。またあの屋上まで戻って縁から足を踏み出せばいい。一度は行くと言ったけれど、それでもわたしが会ったばかりのこの人のわがままにいつまでも付き合う義理はないんだ。嫌ならやめればいい。それだけだ。

でも、どうしても、手を振り払うことはできない。

「だいたい自転車で行くって、どれだけ時間かかると思ってるの？　今日一日じゃ無理だよ。ぶっ通しで漕ぎ続けられるわけでもないんだし」

俯いた目線の先には、つないだわたしと朗の手が見える。真夏の空気のように熱いわたしの手と、真冬の雪のように冷たい朗の手。全然違う温度だから、そこにあるのがよくわかる。

「時間がかかるか。だから無理だって言うのか?」

「そうだよ。遠いんだもん、大変だよ」

「でもそれって時間がかかるってだけなんだろ。時間をかければ行けるんだろ。大変だけど」

「まあそうだね。大変だけど」

「だったらいつかは辿り着くんだろ」

伏せていた顔をのそりと上げると、朗が少しだけ目を細めてわたしを見ていた。表情は元に戻っている。冬の澄んだ青空のように、透明で晴れやかな笑顔だ。

「一緒に来てくれ、夏海」

相変わらず汗ひとつかいていない朗の額で、少し長めの前髪が、どこからか吹く隙間風に揺れている。

「おれは、おまえがいないとだめなんだ」

これも本気みたいだった。ついさっき出会ったばかりのわたしに、まるで長年連れ添った夫婦の別れ際みたいな台詞を言うのだ。わたしのことなんて何も知らないくせに、何をそんなに信用しているんだか。

わたしなんて、いなくたって、きっときみは困らないのに。

本当に困ったような顔をして、何をそんなに、必死になっているんだろう。

「変なの」

思わず呟くと、朗が「何が？」と首を傾げる。

「何がって、きみのことしかないでしょ。きみすごく変だよ」

「おれが？　何か変なことした？」

「うん。ずっとしてる」

「嘘だろ、どこがだよ。言ってくれ、直すから」

あまりにも朗が不安気だから、わたしはたまらず噴き出した。お腹を抱えるわたしに朗は驚いて、それから逆におかしなものを見るような目で見てきたけれど、無視した。

「いいよ、直さなくて。おもしろいから」

ひとしきり笑ったあとで答えた。それから「朗」と名前を呼ぶ。

息を吐いた。馬鹿だなって、それは十分わかってる。だけどもうわたしは死んだのだ。そう思えば、地面に留まる最後のときくらい馬鹿に付き合うのも悪くはない。

そう、わたしは本当ならさっき死んでいた。今は、きみが与えたおまけの時間だ。きみのせいで今わたしがここにいるのなら、仕方がないからこの手は離さないでいよう。

きみの望みが叶うときまで。きみがこの冷たい手を、離すときまで。

「行こう、海へ」

わたしはきみと一緒に、無謀な旅を。

坂道の可視光

駐輪場はグラウンドのすぐ脇にある。だからこの場所からは、真夏の空の下、汗を流して走り回る野球部の姿がよく見えた。

わたしが自転車を出している間、朗は楠の影の下でグラウンドをじっと眺めていた。

「野球好きなの？」

引っ張ってきた自転車を一度朗の前で止めた。

「やったことがなかったからどんなのだろうって見てただけだ。見てもよくわからないけど」

「ふうん、そうなんだ」

男子で野球をやったことがないのも珍しい。ただ、黒く焼けた野球部員たちと対照的な色をした朗の肌を見れば、朗が外で運動をするタイプではないのはよくわかる。体格もカーデ越しに見ても痩せているし、スポーツ自体していなさそうだ。これで本当に自転車で海まで行けるのかと少し心配になるけれど、でも、言い出したのは朗だ。わたしはどこまでも付き合うだけ。

自転車にまたがった。見上げた日差しのきつさに、これには朗も少しは黒くなりそうだなと思った。

ペダルに足をかけたわたしの後ろに朗が乗る。「よし行くか」と、後ろから聞こえた。

「いやいやいや、ちょっと待って」

「ん?」

一旦ペダルから足を下ろして振り返った。そこには当然のように荷台に座っている朗がいた。

「え? ちょっと、何してるの?」

「何って、今から出発するんだろ」

「するけど、朗、自転車は?」

「今乗ってる」

「これわたしの自転車だって。きみのは?」

「ないけど」

「は!?」

わたしが声を上げた理由がわからないらしい朗はきょとんとした顔をしている。嘘でしょ、まさかこんなところでまた常識はずれが発揮されるとは。

「朗、まさか二ケツで行くつもりだったの」

「二ケツって?」

「ふたり乗りってこと。最初からそのつもりだったな！」

ありえない！　自転車で行くってだけでもとんでもないのに、ふたり乗りだなんて余計に難易度上がってる。

「そうだけど、何をそんなに怒鳴ってるんだよ」

不可解そうに眉を寄せる朗に、わたしはもう何も言わなかった。正面に向き直って、うな垂れながらため息を吐く。

何を言っても無駄なのはもうこの短時間で十分承知している。ここまで来てしまったわたしの負けだ。これは、わたしが腹をくくるしかない。

「まあ、でも、それは百歩譲っていいとして」

かごに入れた二本のペットボトルのうち一本を手に取った。さっき自販機で買った水だ。大事に飲んでいくつもりだったけれど、もう喉が渇いていた。

「なんでわたしが前なの？」

ひと口飲んでからもう一度振り返った。まだ日陰の中なのに、朗は眩しそうに手で庇を作っていた。

「おれ、自転車乗れないから」

「嘘だよ、そんなわけないじゃん。運転したくないだけでしょ」

「嘘じゃない。運転は、まあ、したくはないけど」

今度はため息も吐けなかった。

うんざりだ。最初は電車賃を払ってもらおうとまで考えていたはずなのに、どうして暑い夏の晴れわたった空の下、後ろに男を乗せて自転車を漕ぐことになっているのだろう。

……ああ、そっか。あの『おまえがいないとだめなんだ』はこういう意味だったのか。

楠に止まった蝉が、大きな声で鳴いている。

「あとで代わってもらうからね」

下ろしていた足をペダルに乗せた。いつも以上に強く、右足で重たいペダルを踏んだ。ゆっくりと、古い自転車が悲鳴を上げ、進み始める。

「お、動いた」

朗が嬉しそうに声を上げるから、もしかして本当に自転車に乗れないのだろうかと思ったけれど、そんなちょっとした疑問なんてすぐに真夏の炎天下に掻き消される。

きっとこれは、無謀すぎる旅なんだろう。最高気温を更新し続ける昼日中、どれだけ距離があるかもわからない海まで、自転車ふたり乗りで向かおうというのだから。

おまけに今気づいたけれど、今日中に着けないとしたらどこかに泊まらなければいけない。いや、帰りのことも考えると、一回二回は確実に夜を越す。となるとお金のないわたしたちはホテルになんて泊まれないから野宿をすることになる。それどころか、正直食べ物を買う分すらあまりない。

……もしかして、わたしたちは海に辿り着く前に死んでしまうんじゃないだろうか。冗談抜きで、至極まじめな話で。だけど必死で自転車を漕ぐわたしの後ろにいる朗は、そんな不安、頭をかすめてすらいないらしい。何がそんなに楽しいのか知らないけれど、通り過ぎる街並みを見ては、声を上げてわたしに伝える。

「見ろ夏海、大きな犬だ」

「見たよ。でかかったね」

「なあ、あの赤い車かっこいいな」

「ほんとだ、高そうだね」

できる限り体力を温存しようと、わたしは素っ気ない返事しかしないけれど、朗はそんなことを気にする様子もなく、もともとわたしの返事なんて待っていないかのようにひとりで楽しそうにはしゃいでいる。とりあえず前に進むしかないようだ。

「ねえ、ちょっといいかな」

目の前の信号が赤に変わり、ブレーキをかけた。振り返ると、朗が首を傾げた。

「何？」

「あのさ、とりあえず今のところ方向的には合ってるとは思うんだけど、海までの道がわからないから途中からどう行けばいいかわからなくなるよ」

車なら高速に乗ればいいけれど、自転車だと下の道を地道に進むしかないから道がわからない。スマホで調べればいいだけだけど、長い道のりだ、充電が持つか心配だし、ずっと画面を眺めて進んでいくのも面倒だ。もちろん朗がやってくれれば問題ないけど、これまでのことを考えるとあんまり期待はできない。

とりあえず、方面の見当をつけてそっちに進んではいるけれど、知らない場所に出てからは案内の看板でも見ながら適当に進むつもりだ。時間はかかるかもしれないけれど、後ろの乗っているだけの人に文句を言わせるつもりはない。

「ああ、それなら大丈夫だ」

しかし、わたしの考えに反して朗はさらっとそう言った。

「あれ、道知ってるの？」

「いや、知らないけど、わかる」

「は？」

「心配するな。安心しろ」

「え？」

心配と不安しかないわたしをよそに、朗はカーデのポケットから何かを取り出した。

古い紙だった。四つ折りにされているそれは所々破れているけれど、テープで丁寧に直されている。

「持ってきておいてよかったよ。確かに、道がわからないと困るもんな」

「地図?」

「ああ。今がこの辺りだろ。だからここを真っ直ぐ行けばいい」

開いた地図には、明らかにあとから書き足した赤い線が引かれていた。所々くねくねと折れ曲がって書かれた一本の線は、わたしたちが住むこの町と、海のある町をつないでいた。

「この線を辿って行けば海まで行ける。一緒に見ながら行けば大丈夫だよな」

わたしを覗き込みながら朗は言う。

「うん、まあ、なんとか行けるかも」

「よし、頼んだぞ夏海、信用してる」

「信用されてもなあ」

「いっぱい応援するから」

「応援かよ」

朗が満足気に笑ったところで信号が変わった。わたしは息をたっぷり吸い込んで、重いペダルを踏んだ。

旅はまだ始まったばかり。けれど、すぐにいくつもの困難がわたしを襲った。容赦なく照りつける直射日光、渇く喉、重たいペダル、うるさい後ろのヤツ。そして、目の前の、山。

「あれが紅葉山《もみじ》か」

息も切れ切れ、必死でペダルを踏み続けるわたしの後ろで朗がのんびりと口を開いた。流れ落ちる汗を拭いながら、目の前にそびえ立つそれを見上げる。

紅葉山。本当の名前は確か別にあったけれど、地元の人には通称でそう呼ばれている。その名のとおり、秋になれば美しい紅葉を見せてくれる、この辺りでは有名な観光スポットのひとつだ。けれど真夏のこの時期、もちろん山は紅くなっているはずもなく、秋にはにぎやかなこの場所も、今はただの田舎の山のひとつにすぎない。

「あそこを通って行くんだよな」

楽しげな声が背中越しに聞こえる。違うと言いたい。言えないのは、そのとおりだからだ。

海の方面へ行くにはこの山を越えなければいけなかった。越えてもまだまだ先は長いけれど第一関門といったところだ。迂回もできるけれど随分と遠回りになる。地図を見る限り距離だけで言えば倍では済まなそうだった。迂回路を行くか山道を登るか、どちらのほうがつらいかはわからない。だけど迷うまでもなくすでに、わたしたちの道しるべである朗の地図では、山道のほうが選ばれていた。

蒸し暑く、景色のゆらゆらと歪む中、安物ぽんこつ自転車をふたり乗り。それだけでも脳みそが溶けてしまいそうなほどにつらいのに、そのうえ山道を行くなんて。

絶対無理だ、行けっこない。

だけど、この山を越えなければ海のある町へは行けない。

絶対無理だ、行けっこない。

それでも、行くしかない。


「も、もう無理……」

緩い傾斜の坂道を、洪水みたいに汗を流して息も切れ切れ登っていた。傾斜は決してきつくはないけれど、それでも山道は山道。普通なら、こんな安物自転車ふたり乗りで通るような道じゃない。

「夏海、ふらふらしてるけど」

「死ぬ……」

さっきまで死のうとしてたやつが何言ってんだって感じだけど、これは本当に死ぬ。むしろまだ生きているのが不思議なくらいだ。

踏んでも踏んでも回らないペダル。真っ直ぐに定まらないハンドル。破れそうな肺。

止まりそうな心臓。ぼやける視界。止まらない汗。

足に、少しも、力が入らない。

——キッと短いブレーキ音が鳴った。自転車を止めるためっていうより後ろに下がっていかないためのブレーキだ。途端に倒れそうになったけれど力を振り絞って両足を地面に踏ん張った。うな垂れたら、鼻の先からハンドルにぽたぽた汗が落ちた。

「夏海、どうした？」

後ろから声がしたけれど、答えることはできなかった。肺がきりきりして、心臓も爆発していて、声を出すどころか呼吸をするのも精一杯なんだ。

少しだけ顔を上げる。傾斜の緩い、曲がりくねった坂道は、まだ先まで続いている。

大きく息を吐いた。まだだめだ、ここで止まっちゃだめだ。もう少し、頑張らないと。

もう一度ペダルに足をかけて吐いた分の息を吸った。よし、行こう、と思ったそのとき、ふっとサドルが浮かぶ感覚がして振り返ると、朗が荷台から降りていた。

「……えっと、どうしたの？　行くよ？」

「うん。行こう。夏海はそのまま運転してくれてていいから。ひとりだと楽だろう。後ろで押しながら走るよ、おれ」

朗はそう言いながら頼りない真っ白な細い指で荷台を掴む。

「い、いいよ。大丈夫だよ。だったらふたりで歩いていこう。そのほうが楽でしょ」

「いいから。おれは自転車乗れないから運転代われないけど、このくらいならできる」

「大変だよ、走るとか」

「今の夏海のが大変そうだ」

それは確かにそうだけれど。正直いつ倒れてもおかしくないくらい体力はゼロに近づいている。

「今までおれを乗せてたんだ。ひとりになったら随分軽く感じるだろ。それでおれが押していれば、坂のてっぺんまで行けるだろ」

朗が「さあ行くぞ」と荷台を掴む手に力を込める。わたしは何も言えなくて、黙ったままペダルを残った力で踏み込んだ。

ゆっくりとふたたび動く車輪はさっきまでよりずっと軽く感じる。楽なわけじゃない。だけどこれならほんの少しだけ、まだやれそうだと思った。

唸りながらペダルを思い切り蹴る。ハンドルに落ちた汗は無視して前輪のすぐ先だけを見た。

「夏海、頑張れ」

「頑張ってるよ、朗も頑張れ！」

「もうとっくに全力だ」

夏の空気を肺いっぱいに吸い込む。

アスファルトの上は熱気に満ちて蜃気楼のように景色が揺れている。

響く蝉の合唱、ときどき通る、車のエンジン音。

流れる汗を拭う余裕もなく、ひたすら自転車を漕いでいく。

青々としげる両脇の木々は、決してわたしたちを日の光から隠してはくれない。カンカン照りの空の下、見上げれば、目も眩む真っ白の光。ああ、太陽ってこんなに近かったっけ。なんだか手を伸ばしたら届いてしまいそうだ。そんなの無理だって知っているけど。

「うう……くそー！」

なんでわたし、こんなことしてるんだろう。猛暑の中、雨みたいに汗を流しながら自転車を漕いで行きたくもない海を目指してる。どうしてこんなことになったんだ。

ちょっと前まで死ぬつもりでいたはずなのに。

なんで今わたし、こんなにわけわからないことに必死になっているんだろう。

「朗！」

そして見えたゴール。

そこは、真っ青な空が迎える坂道の頂上。

辿り着いたところで、ゆっくりと自転車を止め地面に足をつけた。もうどこにも力が入らない。目がチカチカする。うな垂れた途端地面にいくつも汗が落ちた。肺が痛い。息が苦しい。心臓がすごい勢いでポンプして全身に血を送っている。鳴り過ぎて、今にも止まってしまいそうなくらいだ。

深呼吸をした。どれだけ息を吸っても足りなかったけど、五度目でようやくまともに呼吸ができるくらいには落ち着けた。

「頂上だよ、朗」

振り返る。だけどそこに朗はいなかった。

聞こえた足音に顔を上げると、いつの間にか手を離していたらしい朗がようやく追いついてきたところだった。朗は、なかば倒れる形で荷台にもたれるようにして手をついた。

「ちょっと朗、いつから離れてたの」

「途中、まで」

「わたしだって頑張ったんだから、最後までやってよ」

「わ、悪い……」

正直腹が立った。自分でやるって言ったくせにどうして途中で手を離してるんだ。わたしばかりが必死になって。全部朗のためのことなのに、なんで朗は楽をして、わたしばかり頑張らなきゃいけない？

溜まっていた体の熱が、じわじわと別の熱さに変わっていく。疲れて思考が単純になっていたせいか、切り替わるのは早かった。

思わず怒鳴りかけたのを、でも止めたのは、朗の様子に気づいたからだ。

「朗？」

なんだか変だ。

朗はずるずるとしゃがみ込んで、ずっと肩で息をしていた。わたしでさえ何度か深呼吸をしたら落ち着いたのに、いつまでも呼吸の乱れが治っていない。左手は地面に着いて、右手は胸元をぎゅっと掴んでいた。見るからに苦しそうだ。その手が細かく震えているのがわかる。

「ねえ、大丈夫？」

わざとそうしているようには見えなかった。ただ自転車を押して歩いていただけのはずなのに思った以上に疲れているみたいだ。

「朗、どうしたの」

覗き込んでも朗は何も言わず、そのままの姿勢で何度か深く呼吸をしていた。

だけど、やがて顔を上げるとわたしを見て、青い顔をしているくせにそれに合わない表情で笑う。

「暑いな、夏海」

少しも暑そうには見えなかった。体中が汗だくのわたしとは違い、朗の額には相変わらず一滴の汗も付いていない。

「そりゃ暑いよ。夏だからね」

「そっか。夏だもんな」

朗がゆっくり立ち上がって、空いている荷台に座った。ギシ、と音が鳴る。少しだけ車輪が沈む。

「少し、疲れた」

掠れた声で朗が呟いた。

地面につけていた足を片方だけペダルに乗せる。前を向くと、緩く、どこまでも続く下り坂があった。

「わたしのほうが疲れてるよ。絶対」

「そうだな、ごめんな」

ほんの少しペダルを踏み込むと徐々に自転車が動いた。それ以上は踏まなくても、勝手にどんどん車輪は回る。

「本当は頂上に着いたら前代わってもらおうと思ってた」

「無理だ」

「もうわかってるよ。いいよ、わたしが漕ぐから」

「ああ。ありがとう」

軽くブレーキをかけた。一瞬だけキッと悲鳴を上げてから、自転車はのんびりゆったりと坂道を進んでいく。

わたしたちを乗せて、まだ見えない遠くの町まで。

第二章

小さな花

わたしはきっと、誰かに必要とされたかったんだと思う。

自分が大勢に愛されて、常に人の中心にいるような特別な人間じゃないのはわかっていたけれど、それでも自分が大切に思うたった少しの人たちがそばにいてくれれば、それだけで他には何もいらないと思っていた。

それは、たぶん、喉が張り裂けそうなほどに叫んでも、届かない声もあるのだと知っていたからだ。

どれだけ自分が宝物のように思っていても、その人にとっての自分はそうじゃないということをわかっていた。だからこそ今わたしのそばに、誰かがいてくれることをとても愛しく思った。

愛してもらえることが幸福なこと、感じるぬくもりも優しさも、心からの笑い方も、わたしは全部知っていた。

知っていたから、それをなくしたあとにはもう、残ったのは、ちっぽけで空っぽな、自分の手のひらだけだった。

「夏海、大丈夫か？」

「だい、じょう、ぶ……」

すっかり回復した朗とは反対に、わたしの体力は減り続ける一方だった。あとは下り坂をのんびり下っていくだけだ、そう高を括っていたわたしの目の前に現れたのは、ふたたび先の見えない上り坂。山を侮っていた。登って下って終わり、そういう単純なものではないらしい。

登りで自転車に乗るのは早々に諦めた。朗が降りたとしても、もう無理だった。朗とふたり自転車を押しながら坂を上り、そして待ちに待った下りでは自転車に乗り、そんなことを数度繰り返してわたしたちは今に至る。ようやく傾いてばかりだった山の道を抜け、平坦な道に入ろうというところだ。

普段運動なんてろくにしていなかったのによくここまで頑張ったと自分で自分を褒めてあげたいしむしろ褒められたい。なんて思ったところで誰も褒めてくれるはずもないのはわかっている。むしろ馬鹿にされるだろう。笑われるだろう。だってわたし自身、一体何をしているんだという気持ちが今もまだ消えないでいるんだから。それはまあ、仕方ないと思うけれど。

下り坂からつけてきた勢いのまま、傾斜のなくなった道を進んでいた。太陽が随分傾いたおかげで少し涼しくなったのだけは幸いだけれど、いまだにうるさい蝉の鳴き声は暑さを少しも和らげない。

　前カゴに入れている二本のペットボトルの内、一本はもう空になっていて、もう一本も半分も残っていなかった。朗はひと口ふた口しか飲んでいないからほとんどわたしが飲んでいる。水分は必須だ。本当はもっと一気飲みしたいのだけれど、自販機がなかなか見つからなくて買い足すことができないでいた。だから節約はしているけれど、正直これがなくなったら死ぬしかないと思っている。まさに命の水だ。

「夏海、海にはもうすぐ着くかな？　もう日も暮れるしな、そろそろかな」

「そんなわけないじゃん。まだまだだよ。言ったでしょ、一日じゃ着かないって。地図見ろ地図」

「そうかあ。遠いんだなあ、海って」

　少しふてくされたように朗が呟く。

「ていうかさ、まだかなまだかなって何回も言って、朗って本当に子どもみたい」

「夏海だって子どもだろ」

「子どもじゃないよ、わたしもう十六だもん」

「子どもだろ」

「おとなだよ」

　不毛な言い合いに余計に息が切れて、もう嫌になってむっつりと黙り込むことにした。ゆっくりと、ほぼ無意識にひたすら自転車を漕いでいく。

　時間だけが過ぎる。道は、少しずつしか進まない。

「あ、あれ」

　朗がふいに声を上げた。

　俯き加減で無心でペダルを踏んでいたわたしは、その声に誘われてのそりと顔を上げる。と、道の先に捨てられたような小さな塊を見つけてしまった。

　いやな予感がした。しかも当たりだ。

　狭い道路の真ん中でピクリとも動かず横たわっていたのは、こげ茶色をした毛並みのまだ小さな猫だった。車にぶつかってしまったのだろうか、もう二度と動かないのは明らかだった。

「かわいそうだね」

　そうは言ってももう死んでいる子猫にしてやれることは何もない。わたしはなるべくその姿を視界に入れないようにしながら、避けるようにして通り過ぎた。だけど。

「待て、夏海」

「え、何？」

「止まってくれ」

「止まれって、なんで」

「いいから早く」

有無を言わせない様子にしぶしぶブレーキをかければ、朗は止まった自転車から降りて、ひかれた猫のもとへ歩いていく。

「朗、何するの？」

声をかけても、朗は振り返ることも答えることもなく、そのまま猫のそばでしゃがみ込んだ。

背筋がざわっとする。もしかして。

「朗！」

わたしが叫んだのと同時だった。朗は、道路に横たわった動かない体を両手で拾い上げたのだ。

ありえない。ひかれた猫の死体を素手で掴むなんて。そんなものそのうち誰かが片付けるんだから見て見ぬフリでもして放っておけばいいのに。

ゾッとした。もう猫をかわいそうだという気持ちは忘れて嫌悪感しか抱かなかった。たとえ今まで生きていたとしてもそんな姿になった今じゃ捨てられたゴミと同じだ。わざわざ気にして拾い上げるなんてどうかしている。

「やめなよ、置いておけばいいんだって。そんなの、汚いってば！」

「何が」

朗が、猫を抱き抱えたまま、かすかに目を細めた。

「え……？」

「何が汚い？」

「何が、って」

そんなこと考えるまでもない。常識的に考えて当然だ。死んだ野良猫なんて汚いに決まってる。わたしは間違ったことは言っていない。

なのに、なぜかわたしをじっと見つめる朗に何も言い返せなかった。

おかしくて、普通じゃないと思って、それは間違いないと思うのに、それを言うのは違う気がしたのだ。

朗が目を伏せ、死んでしまった猫を見つめながら、歩き出す。道の脇にあるしげみの中は、雑草を掻き分ければアスファルトの敷かれていない剥き出しの土が見えた。

「夏海、手伝ってくれ」

呆然と見ていたわたしを、朗がしげみの中から振り返る。

「手伝うって……」

「この子が入れるような穴を掘ってくれないかな」

手の中のそれを見下ろしながら朗が言う。

「それくらいなら、いいよ」

自転車を道の脇に止めて、何か地面を掘れるようなものはないかと探して、落ちていた太めの木の枝を手に取った。乾いた地面にそれを突き立てるたび、徐々に深くなっていく穴を、朗はわたしの後ろに立ちながら見つめていた。

子猫は、見る限り、まだひかれて間もないようだった。きっとわたしたちがここを通りかかるほんの少し前に事故に遭ってしまったんだと思う。

「ついさっきまで生きていた命だ」

朗は、猫を入れられる深さまで穴が掘られたのを見ると、その場にしゃがみ込んで、宝物を扱うみたいに猫を穴の中に寝かせた。これだけを見るとまるで眠っているだけのように思える。小さなお腹を撫でれば、温かな体温に触れられそうな気がするほど。

「静かに眠れるといいな」

最後に一度小さな頭を撫でてから、朗が土を被せていく。わたしは傍らに立ちながら、その動作をじっと黙って見ていた。

変な人だ。普通、道でひかれた野良猫にこんなことをしてあげる人はいない。死んだあとなんて抜け殻で、ハタから見ればただの汚い物でしかない。慈しむ必要なんてないものだ。わたしはそう思っている。

「夏海は、死んだらそれで終わりで、そこにはもう何も残らないと思うか」

背中を向けたままぽつりと朗が呟いた。

「うん。そう思ってる」

むしろそうじゃなきゃ困る。何も残さないために死にたいのに、死んでまで、何かが残るなんて。

「そうか。おれは、そう思ってない」

朗は、もう見えなくなった猫の上の土を、なめらかになるまで手のひらで撫でていた。

「死んでも残るものはあると思ってる。あってほしいって願ってる。形はこの世から消えても、目には見えないものがどこかで、ここにあり続けてくれればって思うよ」

朗の手は土ですっかり汚れていた。優しく均された他と色の違う地面は、でも何日かすれば周りと同じになるのだろう。

目には見えないもの、か。そんなもの、生きている間だってなくしてしまうことがあるっていうのに、死んでまでどうやって残すことができるんだろう。生きていても空っぽの手のひらしかないわたしは、朗と違って死んだあとに何も残らないことを願ってる。空っぽだから、この空っぽの外身すら、なくなってしまうことだけ願って死にたがってる。何も残らなければいい。どうせ何も残っていないのだから。目には見えない不確かなものなんて、もう信じちゃいないのだから。

「……」

朗の隣にしゃがんだ。思ったことの何ひとつ朗には言う気がなかった。代わりにすぐそばに咲いていた白い小さな花を摘んで、猫が埋められた土の上に置いた。

「お墓には、こういうの付きものでしょ」

朗を見ないまま呟く。

「そうなのか。夏海は物知りだな」

「朗が何も知らなすぎるだけだよ」

「確かにそうかもな。賢いな夏海」

「馬鹿にしてんの？」

「そんなことはない」

朗が笑う。そしてわたしの真似をしてか、近くにあった黄色い花を同じようにお墓に供えた。

「夏海も一緒に手を合わせてくれないか」

朗が言う。

「一緒に祈ってほしいんだ」

「いいけど、何を？　ちゃんと天国に行けるように？」

「それもだけど、この子が次に生まれるときは、長く自由に生きられるように」

葉擦れの音の中では、小さなその声は響かない。死んだ猫にも聞こえない。わたしだけが聞いていた。

「うん、わかった」

両手を合わせてそっと目を閉じた。

いつまで覚えていられるかもわからない、小さな猫の小さなお墓。もう二度と来ることもない。だけど今だけは確かに、わたしはただ、この猫の来世での幸せだけを願うことにした。

夕暮れの現在地

山間を抜け、ところどころ民家が立ち並ぶようになった。だけどまだコンビニどころか自販機すら見当たらない。夕焼けでオレンジ色に染まる中を、わたしたちは相変わらず地道に進んでいた。

どこか遠くの道路からわらび餅を売る声が聞こえてくる。そんなに好きなわけでもないのに、あの声を聞くと無性にわらび餅が食べたくなるのは不思議としか言いようがない。だけどその声はどんどん離れていくばかり。虚しい余韻だけが静かに響く。

「……お腹空いた」

もう、何時間も何も食べていない。

こんなにも体力を使っているのに一向にそれを補うものが入ってこないからエネルギーは減っていく一方だ。何か食べたい。なんでもいいからとにかく口に入れたい。この際ゲテモノでも構わない。お腹空いた。

「そういえば腹が減ったかもなあ」

わたしの独り言への返事なのか、間延びした声が後ろから聞こえた。かもなあ、なんて。わたしの空腹はそんなあやふやなものじゃなく、紛れもなく誤魔化しようもない段階まできているというのに。おまけにピンチなのはお腹だけじゃない。水分を一切取っていない喉が砂漠よりもからからだ。残っていた命の水は朗の手を洗うのに使ってしまったから飲めるものが何もないのだ。もうこの際、川でもなんでもいいからどこかに水場はないだろうか。

そう願いながらも見つけられず、朦朧とする意識でひたすら自転車を漕いでいたら、朗がふいに、さっきも聞いたような声を上げた。

「あ、あれ」

もしかしてまた何かの死体でも見つけたんだろうか。だとしたら、今度は絶対無視してやる。

「どうしたの」

「ほら、あそこ。お店じゃないか」

朗が後ろから腕を伸ばし、わたしたちの行く先を指さした。目を向けると確かにお店のような建物がある。コンビニみたいなものじゃなく、昔ながらの小さな商店のような。だけどそれで十分だった。何しろそのお店の前には、夢にまで見た自販機が置いてあったのだ。

「朗、休んでいこう！」

「うん、そうだな。夏海死にそうだし」

「気づいてて何も手伝わないんだ」

「お店を見つけてあげただろ」

お店の前で自転車を止める。

そこは、民家の一角でやっている駄菓子屋さんのようだった。店の中にはこまごましたお菓子やアイスが並んで、外には建物と同じように古い木で作られたベンチがあった。

自販機で水を買ってから、ベンチにどかっと腰かけた。ペットボトルの半分を一気飲みして止めていた息を全部吐き出すと、同時に体中から力も一気に抜けた。

できればもう一歩もここから動きたくない。本気でそう思った。体を酷使しすぎて全身の感覚がおかしい。手足がそこにあるのかもよくわからないくらいだ。温かいお風呂にでも浸ってゆっくりしたかった。そうしたら多少は体の疲れも取れるのに。でもお風呂どころかわたしたちには今日眠る場所すらない。これからゆっくりするどころか、野宿できそうな場所を探さなければいけない。

汗ばんだ額に張りついた前髪を掻き上げた。夕日が地平線の彼方に沈もうとしている。

わたしを置いていってしまうのか、薄情な太陽め。どうせ海の彼方に沈んでいくなら、一緒に連れていってくれればいいのに。

「朗」

　呼んでみたけれど返事はない。聞こえていなかったかと思って、もう一度掠れる声を振り絞って呼んでみた。するとお店の中から「はい」と妙に行儀のいい返事がして、それからひょこりと朗が顔を出した。

「呼んだか」

「呼んだよ。朗も飲みなよ、全然水飲んでないでしょ」

　水が半分残ったペットボトルを差し出す。本当は自分で最後の一滴まで飲み干したいのだけれど、それよりも朗の水分の取らなさが心配になった。

「いや、おれはいいよ。夏海が全部飲め。喉渇いてるんだろ」

「そうだけどさ、朗だって楽してたとはいえずっと外にいたんだから、ちょっとくらい水飲まないと。少しは汗掻いたでしょ」

　それでも朗は気を使ってか、わたしの水を飲もうとはしなかった。まったく、気を使うなら自転車の運転を代わってくれるほうが嬉しいっていうのに、変なところで遠慮するのだから。

　がまぐち財布の中身を確認する。元々そんなになかった残りはもう悲しいほどわずかしかない。だけど、夕飯代を残しておくとして、あとペットボトル一本くらいは買えそうだ。

仕方がない。朗の分も買うか。これを使ってしまえばあとは菓子パンふたつ分くらいしか残らないけれど。ああ、明日はどうしよう。

「朗、水でいい？」

力が入らない足でどうにか立ち上がり自販機に向かった。が、朗はいつの間にかまた店内に戻っていたようだ。うんざりしながら何かを見ている背中に呼びかけると、朗は何やらやけに物欲しげな顔つきで振り向いた。

「夏海、水よりもこれがいいな」

「は？」

なんだ、まさかリクエストをしてくるとは。しかも一体何を。

妙に目をきらきらさせている朗をじとっと見つつ店内に入り、そして朗が何を見ていたかを知った。アイスのケースだ。

「夏海、アイス食べたい」

「アイス」

「一緒に食べよう。夏といえばアイスだろ」

馬鹿かこいつと思った。

夏といえばアイスなのは間違いないしわたしもアイスは好きだ。食べられるなら食べたい。特にこれだけ汗を掻いて疲れたあとなんだ、いつも以上に美味しく感じるに違いない。ただ、今のこの状況はどう考えても食べられる状況じゃないだろう。アイスは食べたいけれど、アイスなんて買っている場合じゃない。

「朗、お金持ってないよね」

「持ってないな」

「わたしだってお金あとちょっとしかないんだよ。これ買ったら他に何も買えなくなるよ」

「だからおれに買おうとしてた水の代わりに買えばいい」

「水は？」

「いらないよ。そんなに喉渇いてない」

馬鹿だ。知ってたけど。馬鹿だこいつ。

汗なんて掻いてなさそうに見えたけれど、それでも炎天下の中ここまで来たんだ、絶対にアイスよりも水分を取るほうが大事に決まってる。なのに頑固にアイスアイスって。わたしは朗のことを考えて言ってあげてるっていうのに。

「わかった、もういい。朗の好きにして」

水代にしようとしていた百二十円を朗の手に握らせて、わたしはまた外のベンチへと戻った。この旅自体が朗のためのものなんだ、もう好きにさせよう。朗は変なことばかり言い出すけれど、今のところそれをわたしが覆せたためしはないから、何言い返したって疲れるだけだ。黙って好きにさせるほうがずっと楽。

しばらくそうしてぼうっとしていると、朗がにこにこした顔で店から出てきた。渡したお金は全部使ったらしい。おつりは持っていなくて、アイスの袋をひとつだけ、大事にそうに握り締めて帰ってきた。

「ありがとう夏海。買えた」

「はいはい、よかったね」

「ここで食べてもいいかな」

「どうぞ。どうせわたしも当分動けそうにないし」

一旦休憩してしまうとだめだ。回復するどころかもうまったく動けなくなる。今のわたしの両足は、さっきまで自転車を漕げていたことが心底不思議に思えるくらいにまったく力が入らなくなっている。動き出すには時間がかかる。意地でも動かさなければいけないことは、きちんとわかっているのだけれど。

朗がぺりぺりと外装を剥がしている。うな垂れて目を瞑りながら、その音を聞いていた。

「ほら、夏海」

声がしてのそりと目を開けたとき、真ん前に水色の四角いアイスが浮いていた。そのアイスにはどうしてか棒が二本付いていて、その片方を朗が持っている。

「真ん中で割って食べるんだと。半分こしよう」

朗を見た。最初からにこにこしていた朗は、目が合うと一層両目を細くして、少し八重歯の目立つ歯を大きく見せて笑った。

空いていたほうの棒を掴む。同時に引っ張ると、中心の窪みに合わせていとも簡単にアイスは割れた。

「食べていいからな、遠慮するなよ」

「言われなくても。てか、わたしのお金だから。元々わたしのなんだって」

「そうだった。ごちそうになります」

礼儀正しく頭を下げる朗がおかしくてつい噴き出した。気を使うところを妙に間違えているんだよな。もっと頭を下げなければいけない場面、たくさんあったはずだけど。

とにもかくにも、こうなったらせっかくだ、存分に味わわなきゃ損だ。きょとんとしている朗を無視して、早速溶け出しているアイスを先端から大きく齧った。しゃくっと清々しい音がして、途端じわっと広がる甘み。心地いい冷たさ、爽快感。ぎゅうっと顔に力が入る。

「んん、おいしい！」

これだけの労働のあとだといつも以上においしく感じる。まるで疲れも一気に吹き飛びそうなほど大きな大きなご褒美だ。ひんやりした感覚が体中に染み渡って、火照ったところを冷ましていく。

勿体ないからゆっくり味わって食べたかったのに、ひと口食べると止まらなくなって、頭がキーンとなるのも構わずわたしはどんどんアイスを齧った。そしてそれを、どうしてか朗はずっと横で眺めていた。

「朗、何してんの。早く食べなよ、溶けちゃうよ」

「あ、うん。夏海が、おいしそうに食べてたから」

「そりゃそうだよ。真夏のアイスとか最高じゃん」

ふうん、と朗は呟いて、それから舌先でちろりと溶けかけた角っこを舐めた。少し口の中で味わうようなしぐさのあと、なぜかおそるおそるといった感じで、わたしよりも小さなひと口をしゃくりと齧る。

「……おいしい」

「うん、暑かったから余計おいしく感じるよね。お金さえあればあと五、六個は食べられそうだよ」

「こんなにおいしいんだな、アイスって」

しみじみと呟き、それから朗はひと口ずつやけに慎重にアイスを食べていた。その食べ方はわたしのように夢中になっているとはとても思えず、どう見てもおいしそうには見えなかったのだけれど、どうやらそれでも朗自身はおいしく食べているつもりのようだ。小さなひと口を含んではゆっくりと味わって、そのたびに「おいしいな」と誰に言うでもなく呟いていた。

「それだけおいしく食べてもらえたらアイスも本望だろうね。食べ方は変だけど」

まだ朗が半分も食べ終わらないうちにすっかり完食したわたしは、裸になったアイスの棒をくるくると指先で遊ばせていた。当たらないかなと思っていたけれど、棒には何も書いていない。そもそもこのアイスには当たりくじは付いていないらしい。

「食べ方が変って？　アイスって食べ方があったのか」

「そうじゃなくって味わいすぎってこと。もっとがっつりいけばいいのに。男らしく」

「男らしく。夏海のようにか」

「まあ、ちょっとそれはあれだけど。そうだね」

「でも一気に食べるのはもったいなくて。こんなにもおいしいなんて思ってなかったから。できるだけ味わいたいだろ」

「何それ。初めて食べたみたいな言い方」

「初めて食べたから」

「ふうん」

目の前で棒をくるくる回す。くるくる。くるくる。遠く向こうのほうに、どんどん夕陽が沈んでいく。くるくる。くるくる。

「えっ!?」

ぐわっと振り向いたせいで朗がびくりと肩を揺らした。目をぱちくりさせて「ど、どうした」とか細い声で言う。

「どうしたもこうしたも、え、朗ってアイス食べたことないの?」

「な、ないけど」

「うそでしょ?　そんな人っているの?」

わたしなんて暑いときには一日に四個も五個も食べていたのに。一度も食べたことがないなんて。今まさに食べているからアレルギーとかでもないのだろうし。軽く衝撃だ。

「驚いてるな」

「驚くでしょ」

「みんなは、普通に食べたことがあるんだよな」

「そりゃね。食べたことない人とか聞いたことないって」

「そうだよな。だからおれも食べてみたかったんだ」

「アイスを?」

「ああ。これで夢がひとつ叶った」

ふわりと緩んだ朗の顔に、勢いよく詰め寄っていたこちらの力もふっと抜けた。座り直して視線を落とす。足の上に置いた手はまだアイスの棒を握っている。何もなくなった、手ぶらの棒。

「ふうん。なら、すごく貧乏だったりするんだ」

「いや、別に。どちらかというと甘いかもしれない」

「朗の家って、親、厳しいの？」

「貧乏？」

「買うお金がないなら食べたことがないのも納得できるし」

それと朗が一円もお金を持っていないことについても、だ。

「んん、いや、そうじゃないな。むしろ裕福なほうだと思うよ」

あっけらかんと朗は答える。

「いやいや、だったら電車賃払えるじゃん。電車で海行けるじゃん。ヘタすりゃタクシーでも。わたしに頼って自転車で行くよりお金に頼ったほうがよっぽど確実だって」

「でもお金を持ってるのは親だからなあ。おれは何も持ってないから。それに今回ばかりはおれに甘い親も手を貸してはくれそうになかったから」

顔を上げてもう一度見ると、朗は真正面を向きながら少し困ったような顔で笑っていた。アイスはまだ半分近く残っている。この辺りからが食べるのが少し難しくなるんだよなと、それを見ながらなんとなく思う。

「おれは何も持ってないよ。持ってないし知らないんだ。だから夏海がいなきゃだめなんだ。おれはひとりじゃ何もできない」

太陽は、お尻の部分が地平線に隠れていた。もうすぐ日が暮れる。蝉の鳴き声も少しずつ減っていて、あと少しもすれば辺りは真っ暗になって、蝉も鳴くのをやめるだろう。

「まあ、そうだよね、本当。朗が今ここにいるのって全部わたしのおかげだよ」

「そうだな」

「朗って自分じゃ何もしないくせにわたしには無茶しか言わないし。わたし自分がこんなに優しいと思わなかった」

「うん、夏海はいいヤツだ」

「本当それ」

朗が、言葉どおり何も持っていないことも、そして何も知らないことも――それを本人が自覚しているとまでは知らなかったけれど――とっくにわかっていた。まさにそのとおりで、朗は明らかにおかしいとわかるくらい、見た目も中身もあまりにも普通とは違った。夏に似合わないベージュのカーデ、冷たい手、白い肌。常識はずれの思考、無謀な思いつき、突拍子のない行動に、真っさらな感情。

そのわけはまだ知らない。気にならないと言えばうそになるけれど、わたしから聞くつもりがないのは最初から変わっていない。

何も持たない、何も知らない。だけどそれでいて朗は必死に何かを欲して、目指して、できる術を探した。

そして見つけられたのがわたしだ。

「でも、この短い間で知れたことは少しはあるでしょ」

朗がきょとんとした顔でわたしを見る。

「海が遠いこと、夏が暑いこと、アイスがおいしいこと。それから、なんだろうな」

指折り数えて呟くと、朗は何度か瞬きをして、それから柔かく笑った。

「そうだな。もうよく知ってる。あと、坂が大変なこと」

「それもある」

「あと夏海はよく怒る」

「それはない」

朗は笑ったままで、アイスの最後のひと口を囓る。

たとえば、朗がただ単に海に遊びに行きたいだけの普通の人だったなら、わたしはこんな馬鹿みたいなことに付き合いはしなかっただろう。朗の言葉に耳を貸すことも、ましてや差し伸べられた手に自分のそれを重ねることもきっとなくて、わたしはとっくに屋上から飛び降りて、望んだとおりに死んでいた。

それなのに今、わたしがこうして朗と一緒に無謀な旅をしている理由は、本当はわたし自身もよくわかってはいないのだけれど、ただ、朗がどうしてかあまりにも必死に——その理由は知らないけれど——海を目指していることが、わたしが朗の手を振りほどけない原因なんじゃないかと思う。

遥かな青い海原を願って、ひとりじゃ何もできないきみがわたしの手を掴むなら。もう消えるだけのわたしの時間を、ほんの少しならきみのために使ってみるのもいいかもしれない。どうせわたしにはもうこれから先、何もできないし、何も掴めやしないのだから。せめて最後に偶然でも、わたしに必死に手を伸ばしたきみの手を、掴んで一緒に歩くのも悪くはないと思ったのだ。

「さあ」

もうすぐ日は沈む。無謀な旅の一日目が終わる。

海まではまだ遠い。夏の景色の、遥か彼方。

「これからどうしようね」

「どうする？　夜も頑張る？」

「馬鹿言うな。もう動けないって」

足はむくんでパンパンだし、太腿はなんだかビリビリする。肺も心臓も様子がおかしいし、お尻も手のひらもどこもかしこも痛い。

「今日はここまでか」

朗が呟きながら地図を開いた。スタート地点から赤い線をなぞっていって、ぴたりと現在地で指を止める。正確ではないけれど、なんとなくであたりを付けた現在地は、わたしたちが出発した場所から海までの、中間地点より少し手前。

「おお、もう真ん中近くまでは来てたんだね」

「そうだな。頑張ったな夏海」

「ほんとだよ。もっと褒めてほしい」

「すごいぞ夏海」

「嘘、やっぱりいい。なんか腹立ってきた」

ぐっと伸びをすると変なところから音が鳴った。体中が限界だ。むしろとっくに限界を超えている。もう今日はここまでだ。でも、ここではまだ止まれない。

「どこかに野宿できそうなところあるかなあ」

まだ道の途中だ。ゴールまで行くためにはどうしたって疲れ切った体を休ませなければいけないけれど、ホテルに泊まることはできないから、外で寝られる場所を探すしかない。おまけに休めそうってだけでなく、人目も十分に考えないといけないからやっかいだ。何せわたしたちは制服姿だ、夜中に外で寝ているのなんて見つかれば、あっという間に補導される。ここまで来て、そんな結末は絶対いやだ。

「近くにあればいいけど。もうそんなに移動できる体力ないし、真っ暗になるまでには見つけたいなあ」

「たとえば、どんなところがいいかな」

「えっと、ひと気のない公園とか、橋の下とか？」

「なるほどな。野宿か。おれしたことないけど大丈夫かな」

「安心してよ。さすがにわたしも初めてだって」

だいたい今みたいな状況じゃなかったら野宿をしようとも思わない。今だって抵抗がないわけじゃないけれど、選択肢がないのだから仕方がないし、それに少しやけくそになっているところもある。どうせわたしはもうとっくに死んでいるんだ、だったらどうなったっていいんじゃないの。そう、人間、死んだと思えば、結構なんだってできるらしい。

「じゃあ、アイス食べて元気出たし、そろそろ行こっか」

「よかったな、元気出たのか。おれもだ」

「わたしは出てないけど、声にするって大事でしょ。なんか声に出したら本当になる気がする」

「ふうん、そうか」

勢いよく立ち上がったつもりだけれど、実際はよろよろと頼りなく腰を上げた。またげるかなと不安になりながら自転車のハンドルを掴んだところで、表に、お店のおばあさんが出てきていたことに気づいてどきっとした。

にこにこした顔のおばあさんにどうにか頭は下げられたけれど、たぶん顔は引きつっている。まずいな、今のわたしたちの話、聞かれていなかったらいいけれど。

「もう行くの？」

おばあさんは柔らかい表情のままでわたしと朗を交互に見て言う。

「えっと、はい、もう暗くなるので。ベンチ貸して頂いて、ありがとうございました」

「それは構わないけれど、あなたたちはこれから、どこまで行くの？」

またどきりとする。どこまで行くの、だって。どこまで帰るの、じゃなく。

やっぱりだ。きっとさっきの話を聞かれていたんだ。そしてわたしたちがこれから家には帰らないことも気づかれている。

困ったな、無計画な家出少年と家出少女だと思われて……あながち間違いでもないけれど、とにかくどこかに連絡でもされたらやっかいだ。

「天気がいいから、ちょっと遠出しちゃったんで、家に帰るには時間がかかりますけど。南部のほうまで帰ります。真っ暗になるまでには家に帰れたらいいなあ。あはは」

「あら、遅くなる前には帰れるの？」

「もちろん、大丈夫です」

「何言ってんだ夏海。おれたちが行くのは海だろ。おれは海に行くまで帰らないぞ」

おい。何言ってんだはこっちの台詞だ。人がせっかく必死に誤魔化しているっていうのになんで台無しにするようなことを言ってるんだこの人。誰のために頑張っていると思ってるんだ。朗のために、無事に海に行くために頑張っているっていうのに！

「あらまあ、海まで」

わたしが朗をぎりりっと睨んでいる横で、おばあさんがやんわり呟いた。それに頷く朗は、当然わたしの表情になんて気づかずににこにこと楽しげだ。

「でも、海ってここからじゃ遠いでしょう。もしかして、自転車で行こうとしてるの?」

「お金がないから仕方ないんだ。夏海が漕いで、おれは後ろで応援してる。遠いけど、明日にはたぶん着くよ」

「あらあら、楽しそうね」

わたしは全然楽しくないんだけれど、朗は「そうだな」と答えて晴れやかに笑った。ため息を吐く。それから、鉄のかたまりにでもなったような足を持ち上げて自転車のサドルにまたがった。ハンドルを握る手のひらがひりひりしている。だけど、もうあと少しだけ、頑張れ。

「朗、そろそろ行くよ。乗って」

声をかけると朗は素直に立ち上がり、わたしよりも随分軽やかに慣れた様子で荷台に乗った。

早くどこかに行かなければ。おばあさんにも、それから朗にも、余計なことを言われる前に。

「じゃあな、おばあちゃん。アイスおいしかった」

朗がひらひらと手を振っている間に右足をペダルに乗せた。やっぱり重い。でも、うん、行けなくはない。

「ねえ、ちょっと待って」

やばい、と思いつつもそのまま逃げなかったのは、逃げたら余計に怪しまれると思ったからだ。顔はもう十分見られているし、調べようと思えば制服で学校までわかってしまう。

学校と家に連絡、なんてこと、朗はどうかは知らないけれど、わたしは絶対にされたくない。それだけは。

「何、おばあちゃん」

「あなたたち、泊まるところがないってさっき話してなかった？」

「寝る場所なら今から探すところだけど」

「あの！」

朗の言葉を遮った。朗は放っておけば何を言い出すかわからない。

「心配しなくて大丈夫です。親には言ってありますし、きちんとなんとかするつもりですから。その、夏休みだから何か特別なことしたいねって言って、ずっと前から計画も立てていて」

もちろん全部嘘だけれど。無計画で、親にも内緒の旅だ。

「泊まる場所も自分たちで探そうっていうのがひとつの醍醐味っていうか、挑戦っていうか。最悪外で休むことになっても今は夏だし、男の子もいるので、危なくないし。親にもいつでも連絡できる態勢でいるから、ほんと、大丈夫なんで」

若干しどろもどろのわたしのでまかせを、おばあさんはどこまで信じているかはわからないけれど微笑みながら頷いて聞いていた。突っ込まれれば困るけど、この説明ならそこまで突拍子もないことでもないだろう、夏休みに学生が普段ならできないことをするなんてよく聞く話だ。

「そう。そういうわけで海までふたりで旅をしてるのね」

「そうなんです。大それたものじゃないですけど」

おばあさんが何か考えるようなしぐさをしたから、心臓が嫌なふうに鳴った。うまく誤魔化してやり過ごせますようにと、心の中で何度も祈る。

ひとつ幸いなのは朗が余計な口を挟んでこないところだ。ようやくわたしの気持ちが伝わってくれたか、と思ったら、朗は後ろで地図を眺めているところだった。なるほどやっぱりわたしの頑張りを気にも留めていないらしいけれど、黙っていてくれるなら今はそれで構わない。

「そういうわけなんで、わたしたちもう行きますね」

「ねえ、泊まる場所は自分たちで探すって言ってたね」

ペダルを踏もうとした足を、おばあさんの声がまた止める。振り向くと、おばあさんはにこりと笑って自分のお店に右手を向けた。

「泊まる場所ならここにあるよ。店の奥はわたしの家になってるの。ふたりとも、よければうちに泊まっていきなさい」

ぽかんと口を開けて固まった。なんだって？

おばあさんの家に泊まっていいって？

「今はひとり暮らしだから部屋も余っているの。古い家だけど、外で寝るよりもいいでしょう」

「それはいい。夏海、そうしよう」

いつの間にか地図をしまって話を聞いていたらしい朗が言う。

「いや、ちょっと、待って」

「助かったな、寝る場所を探す手間が省けた。夏海ももう疲れてるだろうしちょうどよかったな」

「だから、ちょっと待って」

何言ってるんだふたりとも。そんなの、無理に決まってる。

おばあさんが善意で言ってくれているんだろうことはなんとなくわかる。だからといって、会ったばかりの見ず知らずの人の家に泊めてもらうなんてできるわけがない──会ったばかりの見ず知らずの人と無謀な旅をしているわたしが言えた義理じゃないかもしれないけど、それとこれとは話が別だ。

自分たちで勝手にやっていることなのに他の人の手を借りて迷惑をかけるなんて。

「ありがとうございます。でも、大丈夫です。自分たちでなんとかしますから」

なんとかする手立てなんてないけれど、ふたりだし、一日野宿するくらいなんてことはない。体も限界だけれど少しは休めたし、あとほんのちょっとなら前に進めると思う。

「だからほら、朗、行くよ」

「いいのか夏海、本当に大丈夫か?」

「大丈夫だって。何、そんなに野宿したくないの」

「そうじゃなくて、おまえが疲れてるから」

「わたしは、大丈夫」

大丈夫じゃないけれどそう言うしかない。他にどんな言い方をすればいいんだ。

「だって。おばあちゃん、夏海がこう言うなら仕方ない、おれたちは行くよ」

「あらあら。そうなの？」

おばあさんはのんびりと呟いて、それからちらっとこちらを見たけれど、わたしはその視線から思わず目を逸らしてしまった。

朗が「おばあちゃん、さよなら」と後ろで言う。冷たい手がわたしのブラウスを掴むのに合わせて、わたしはハンドルを強く握り直した。

「はいさよなら、と、言いたいところだけれど」

薄暗くなってきた空に蝉は鳴くのを止めていく。旅の一日目は、終わりに近づいている。

「あなたたち、親に言ってきたっていうの、嘘でしょう」

「え？」

振り向いた。おばあさんはにこりと相変わらず優しく微笑んでいる。

さあっと血の気が引いた。まさか、こんなにもあっさりばれるだなんて。

「わかるよそれくらい。わたしくらい歳取っているとね、子どもの嘘なんてすぐに気づくから」

「えっと……」

「ねえ、ふたりとも。学校に連絡されたくなかったら、うちに泊まっていきなさい」

お、脅しだと……!?

温厚そうに見せかけて、そんな強硬手段を取ってくるなんて！

「学校に連絡されるのは、ちょっと困るな」

朗がぽつりと呟いた。いや、わたしはちょっとどころじゃない、すごく困る。学校というか、家に連絡されるのが。こんな家出まがいな馬鹿なことをしたと、親に伝わってしまうのが。

「夏海、どうする？」

「どうするって、言ったって」

どうしよう。どうしたらいい？

誰かに甘えてはいけない。自分でどうにかしないといけない。わたしのことはわたしでやらなきゃいけない。

頑張らないと。誰も助けてなんてくれないんだから。ひとりで、頑張らないと。

「若いうちは無茶なんていくらでもするものよ。あなたたちの近くにいる大人の人は怒るかもしれないけれど、わたしはあなたたちの旅のことは応援したいと思ってる。だからこそ、少し手を貸すくらいいいでしょう。せっかくだもの、何かの縁だと思いましょう」

朗がわたしのブラウスの袖を引っ張った。後ろを向いて目を合わせると、朗の大きな黒い瞳が、ひとつ瞬きをした。

「泊まらせてもらおう、夏海」

結局この旅は朗のための旅だ。だから決めるのはいつだってきみだ。たとえそれがどれだけ無謀なことでも、突拍子もないことでも、わたしが無理だと思っても、わたしはきみの言葉に動かされる。

だから朗がそう言うのなら、わたしの答えも決まっていた。

太陽は、半分しか、見えなくなっていた。

強がりな弱虫

おばあさんの家に泊めてもらうことになったわたしたちは、結局、寝る場所だけでなく晩ごはんやお風呂や着替えまでもお世話になることになった。

この家は、広くはない古い平屋だけれど、おばあさんひとりで住むには部屋数が多い。聞けば、昔は家族がたくさん暮らしていたそうだけど、子どもが独立してからは夫婦二人暮らし、それから数年前に旦那さんが亡くなってからはひとりで暮らしているそうだ。

たまに遊びにくる孫たち（一番上の孫はわたしたちと同じ高校生らしい）が使うために置いてあった部屋着を借りて、着ていた制服は朗のと合わせて洗濯してもらった。朗はともかくわたしは絞れそうなほどに汗を掻いていたからありがたかった。夜の間に干しておけば、朝にはもう乾いているよとおばあさんは言っていた。

下着だけは教えてもらった近くのお店に買いに行った。もちろんそのお金はおばあさんからお借りした。おばあさんはいいよと言ってくれたけれど、必ず返すと約束をして。

奇跡みたいだった。

ごはんもお風呂も柔らかいお布団もすべて諦めていたのだから、こうしてお腹いっぱいごはんを食べて、湯船につかってさっぱりして、眠る時間までのんびり休めている今が、まさに天国のように思えた。

「それにしても、そんなに遠くから自転車で海に行こうなんて、今の若い子はすごいことをやろうとするのね」

りんごジュースを飲みながら、おばあさんに今日の出来事を話したら——もちろん、わたしが死のうとしていたことは内緒にしたけれど——おばあさんは呆れたふうではないまでも苦笑いしつつでそう言った。

「無茶だってことはわたしもわかってるんですよ。でも朗に無理やり付き合わされて、あれよあれよとこんなところまで来ちゃった感じで」

「夏海はすごくいいヤツなんだ。文句は多いけど、なんだかんだおれのために海まで一緒に行ってくれるし。頑張ってるし」

「おれのためにって言い方、なんかやだな」

「でもおれのためだろ」

「まあそうだけど」

「ねえ、ふたりは本当に今日会ったばかりなの？」

「そうだよ。学校で見つけたんだ。なあ夏海」

「それにしては随分仲が良さそうに見えるわね。ずっと前からお友達みたい。いいことね」

　おばあさんがころころと笑って、どうしてか朗もにいっと嬉しそうな顔をする。

　わたしはひとりで甘いあんこの詰まったおまんじゅうを頬張って、わたしとは違う表情のふたりを順番に見ていた。

　お友達みたい、か。実際、わたしと朗の関係って名前を付けたらなんなのだろう。

友達ではもちろんないし、知り合いとか顔見知りっていうのも違うし、他人と言えるほどには関わり過ぎていると思う。同志、とか仲間、なんていうと格好いいけど、当然そんな言葉も似合わない。道連れっていうのが一番近いかも。無理やり引っ張られているし、文字どおり、道の連れだし。

　そう、それだけなんだ。わたしと朗は、今こうして一緒にいるけれど、わたしたちが関わり合うのは、朗が目指す海に辿り着くまでの短い間。それだけの時間なんだ。

「さあ、そろそろ寝ようかな」

　おばあさんがのそりと立ち上がる。時計を見ると、針は九時過ぎを指していた。

　いつもなら寝るには早い時間だけれど、今日は今すぐ布団に入ってもすぐにぐっすり眠れそうだった。

「じゃあわたしたちも寝させてもらいます」

「あなたたちのお布団は、隣の部屋に敷いておいたからね。疲れているでしょうから、朝までゆっくり休みなさいね」

「はい、ありがとうございます」

わたしと朗は、同じ部屋で寝るらしい。それって大丈夫なのかなとも思うけれど、布団は二セット用意してあるし、わたしたちのためにひと部屋まるごと貸してくれるだけでもありがたいんだから、文句なんて言えない。

「ほら朗、寝るよ」

半袖のTシャツの上からなぜか分厚いカーディガンを着ている朗の腕を引っ張った。朗は、今頃疲れでも出始めたのかだるそうにのそりと立ち上がり、ひらひらとおばあさんに手を振る。

「おばあちゃん、おやすみなさい」

「はい、おやすみなさい」

部屋の中には、下げた蚊帳の中に少し距離を空けて敷かれたふた組の布団があった。わたしは左側、朗は右側の布団を使うことにした。

バタンと倒れ込む。その途端、力が一気に抜けて、体が下へと沈んでいくような感覚がした。

体中が重かった。もうほんの少しだって動かしたくない。このまま布団とくっついて、一生離れなきゃいいのに。

「もう、絶対明日は筋肉痛だよ。最悪だあ」

すでにふくらはぎはパンパン。明日、筋肉痛に襲われた状態でまた長い道のりを進まなければいけないと考えるとたまらなくうんざりする。というか、こんな状態で明日も進めるのだろうか。進まなければ、いけないのだろうか。

「明日は朗がわたしを乗せてくれたらいいなあ」

「おれが自転車に乗れたら乗せてやるんだけどな」

「夜中のうちに練習でもしておけば」

「それいいな」

「冗談だよ」

笑って、息を吐く。うつぶせのまま枕にほっぺたをぎゅうっと押し付けた。まぶたを閉じると波のように眠気が押し寄せてきて、意識が急速にしぼんでいく。ああ、ようやく眠れる。そう思った、そのとき。

「なあ、夏海」

呼ぶ声が聞こえてふっと目が覚める。

「何?」

心地良く閉じていた目をのそりと開けると、豆電球の明かりの中で、鼻先まで毛布をかぶった朗の顔が見えた。朗はこれだけ暑いのにどうしてかわたしの分の毛布まで重ねてその中にもぐっている。

毛布からはみ出た大きな瞳は、小さな明かりを反射させて、きらきら光っているように見えた。

「さっき、おばあちゃんがおれたちを泊めてくれるって言ったとき、なんで夏海は断った？」

「え？」

「寝る場所は探さなきゃいけなかったんだ。それに疲れてるおまえはゆっくり休まなきゃいけなかったし、どうにかなんてたぶんできなかった。おばあちゃんが家に泊めてくれるって言ったなら願ったり叶ったりだったろ。なのにどうしてお願いしますって言わなかった」

「それは……」

「おばあちゃんのことを疑った？　それとも、本当におまえは、自分でなんとかできると思ってたのか」

違う。わかっていた。明らかに、誰かの助けが必要な状況だったこと。

なんとかできるなんて意地を張ったけれどどうにもならないこともわかっていた。

寝る場所も食べるものもゆっくり体を休める時間も必要だったのに、自分では何ひとつ手に入れることができなくて、他の誰かに手を貸してもらわなければいけなくて、そんなときにおばあさんがわたしたちに手を差し伸べてくれた。

それを撥ね除けたのは、おばあさんの人柄を疑ったわけでも、意地を張り続けたかったわけでもない。

「誰かを頼っちゃ、いけないと思って」

自分でやらなければと、どうしても思ってしまうんだ。だってどうせ誰かに手を伸ばしてもその手は離されてしまうから。残るのは、空っぽの自分の手のひらだけ。だから自分ひとりで頑張らなければいけない。

そう、それがとても苦しくて、頑張ることを、やめたくなったんだけれど。

「誰かを頼るのはいけないことなのか」

布団の中で、朗がくぐもった声で言う。

「そういえば何度かあったな。坂道を登ってたときもおまえは全然大丈夫じゃない顔で大丈夫って言ってた」

「……」

「夏海は誰かに頼るのが下手くそなんだな。おれと反対だ」

目元だけしか見えないけれど、朗がくしゃっと笑うのがわかった。綺麗な笑い方だと思った。朗はいつも、そうやって笑う。

「おれは反対に誰かに頼ってばっかりだ。今だって夏海に頼り切りで、おれひとりじゃここまで来られなかったし、とても海までなんて行けないだろうし。おれはいつだって誰かの手を借りてしまってるから、夏海みたいに頼っちゃいけないなんて、そんなふうに思ったことなかった。夏海は強いな、おれには無理だよ」

　毛布の隙間から朗が手を伸ばしたから、なんとなくそれを指先だけで握ってみた。昼とは違う暑さの中、毛布にくるまってカーデだって着たままなのに、朗の指先はやっぱり雪にでも触れていたように冷たい。

「強くなんかないよ。わたしは、臆病なだけなんだ」

　人の手が、簡単に離れてしまうことを知っていたから。どれだけ叫んですがったって、もう振り向いてはくれなかったあの人のことを覚えているから、だから自分から誰かを求めることが怖くなった。

　今自分の手をぎゅっと掴んでくれている人のことすら心から信じられていなかった。握り返すことができなかった。

　もしも、わたしが朗みたいに、素直に誰かに手を伸ばせていたのなら。わたしはきっと、今日屋上には、行くことはなかったんだろう。

「意外と不器用なんだな、夏海は」

　朗がわたしの指先を軽く握り返す。

「簡単なのに。だってほら、手を伸ばしたら、みんなちゃんと掴んでくれる。おまえみたいに」

冷たい指はわたしのと全然温度が違うから、触れていることがわかりやすかった。

朗が伸ばした手を、わたしは掴んでここにいる。

「手を伸ばせばいいよ。それでもだめなら高く突き上げて叫べばいい。夏海が望んでいることを、誰かにきちんと聞こえるように」

指先が離れても朗の温度は残ったままだ。空っぽの手のひらに、じわりと滲む自分のじゃない誰かの体温。

難しいよ。簡単じゃない。朗が思うよりきっとずっと、それがわたしにとっては困難なんだ。

だって、手を伸ばしたって届かなかったらどうする？

叫んだって、その声すらも届かないくらい遠くに行ってしまったら？

もしも、誰かがこの手を掴んでくれても、いつか離されて、温かかった手のひらがまた空っぽになったら。

考えるだけで怖いんだ。誰かの温度を知ったまま、ひとりぼっちになるくらいなら、空っぽなままで何もかも終わらせるほうが楽だった。だからわたしは屋上に行った。地面を見下ろしたあの縁から、最後に残ったものまで全部を捨てるつもりだった。

だけどもし、きみみたいに、もう一度手を伸ばせたら。

あのときみたいにこんなわたしに、笑ってくれる人がいたら。

また笑えたら。見える景色は、変わるのだろうか。

「そういえば、今さらだけど、夏海」

朗が毛布を首元まで下げて言った。

「夜になっても帰らなくて、おまえの家族は心配してないかな」

「本当に今さらだね」

「おまえがその辺り、何も言わないから」

「大丈夫だよ。心配ない」

それは強がりじゃなくて本当に。

スカートに入れていたスマートフォンは今は枕元に置いている。充電をもたせるために、電源は夜の間は切っておくことにしたから、うんともすんとも言わずにじっと黙ってわたしの頭の上で休んでいる。でも、電源を入れていたとしてもこのスマホは音を立てることはないだろう。連絡なんて入らない。わたしがどこで何をしていようと、自分に関わりがない限り、心配なんてしないから。

「朗こそ、どうなの。朗だっておばあさんに話してたとき、内緒みたいな口ぶりだったじゃん」

「おれも、まあ……大丈夫」

「ふうん。なら、いいけど」

少し気になったのは、珍しく歯切れの悪い言い方をしたところ。でも深く聞く気はなかった。聞いてもきっと、朗ははぐらかすだろうと思った。

わたしたちは、今こんなにも近くにいるのに、本当の距離はずっとずっと遠い。

わたしはきみを知らない。きみはわたしを知らない。

「夏海、明日は海に着くかな」

「たぶんね。わたしの体力次第だけど」

「夏海ならできるよ」

「朗はわたしをなんだと思ってるの？」

「なんだろうな。ヒーローみたいなものかな」

「そんないいもん？　便利屋みたいな感じじゃなくて？」

「ああ、それが近いかもしれない」

「怒るよ」

「夏海は怒ってばかりだ」

朗が笑う。その笑顔は確かにわたしに向けられているものだったから、この距離が、遠くても、今はそれでいいやと思う。

どうせわたしときみとの時間はほんの一瞬で終わるから、これくらいの距離のほうが、きっとわたしもきみも、ちょうどいいから。

きみの音

それからは、あっという間に眠りについた。

今日一日で使い切った体力をどうにか取り戻そうとするみたいに、息をすることと心臓を動かすこと以外、体のスイッチをバチンと切って、夢を見ることもなく泥のように眠った。

だけどそれでも夜中に目を覚ましてしまったのは、ふと、きつく体が締めつけられているような感覚がしたからだった。

「ん……？」

暑いのとは違う寝苦しさに、億劫に思いながらもぴったり閉じていたまぶたを開けた。でも、暗闇の上に寝ぼけていて、ぼんやりとした視界に何があるのかよくわからない。おまけに体を動かそうとしてもうまくいかなかった。何かがまとわりついているみたいだ。なんなんだと、少しいらつきながら無理やり動かした右手が、どうしてか使っていないはずの毛布を弾いたところでようやく自分が置かれている状況を知った。

「……朗？」

わたしにまとわりついていた——わたしに抱きついていたのは、朗だった。

目の前には長めの黒髪。そして暗い部屋の中でもぼんやり浮かぶほどの白い朗の顔がある。

「夏、海」

小さなくちびるから、声がした。

「ちょっと朗、何してんの!?」

一気に目が覚めた。

自由になった片腕を動かしてしがみつく朗の肩を引きはがすように押した。腕は背中に絡まったままだったけれど体は思いのほか簡単に離れて、わたしの首元に埋もれていた朗の表情が、暗闇の中、うっすら浮かぶ。

「いい加減にしてよ！　早く……」

離れてよ。

そう言いかけて、でも、やめた。

「朗？」

様子がおかしい。

この蒸し暑い中、分厚いカーデを着込んだ上に毛布を二枚重ねて纏っているというのに、どうしてかひどく寒そうに震えている。

「朗？　どうしたの。ねえ、大丈夫？」

顔にかかる髪を掻き上げて呼びかけた。けれど朗はその声には答えずに、今にも止まってしまいそうな浅い呼吸だけ続けている。

「朗、ねえ、聞こえる？」

「……」

「どうしたの、具合悪いの？」

昼間の暑さが堪えたのだろうか。でも、それにしては様子が変だ。

細い腕がずるりと背中から外れる。代わりにわたしが朗の背中を抱きとめた。軽い体は驚くほどに冷え切っている。まるで人形みたいに、生きている心地が、しないくらいに。

「……夏海」

掠れた声がわたしを呼ぶ。

「何？　わたし、おばあさん呼んでくるから、ちょっと待ってて」

「やだ……行か、ないで」

「行かないでって、でも」

そのとき、閉じていた朗の目がうっすらと開いてわたしを見上げた。でもぼんやりとしてうつろな瞳に本当にわたしが映っているのかはわからない。

「朗？」

「……寒い」

かすかな呟きが聞こえた。それきりまぶたはまた閉じた。

「寒いの？　寒いんだね」

もう返事は聞こえない。けれどわたしははだけていた毛布を掴んで朗に被せて、何度も体中をさすった。

寝ているだけで汗ばむような熱帯夜だ。額から汗がどんどん流れ出て目に沁みる。でもそれを拭っている余裕はなかった。

「あったかい？　ねえ、朗」

汗だくのわたしとは真逆で朗の肌はいつまでも冷たい。

なんなんだろう。何が起きているの。朗は、どうしたの。

「朗……！」

不安で怖くてたまらなかった。それを堪えるように、朗の小さな頭をぎゅっと抱き締めた。

「夏、海……」

耳元に聞こえたささやき。

首筋に伝わる冷たい呼吸。

「朗？」

「…………」

「朗、まだ寒い？」

呼びかけながら白い顔を覗いても、朗の瞳は閉じたまま。だけど、色の無いくちびるが、ほんの小さく動くのが見えた。

「あったかい」

深い息を吐き出しながら、朗の腕がもう一度、わたしの背中に回される。

肌は冷たいままだ。でももう、震えてはいなかった。

「うん、もう、寒くないよ」

わたしに縋《すが》る腕に力はなかった。でもその代わりにわたしが、離れないように強く、ぎゅっと全部で抱き締めた。

真っ暗だったまぶたの裏にぼんやりと淡い光が射す。同時に小さな足音と、のどかな声が耳に届いた。

「あらまあ、仲良しね」

その声と、妙に暑苦しく息苦しい感覚に目を開けば、途端に飛び込んできたのは整った綺麗な寝顔。

「わあ！」

驚いて飛び起きると、ふすまを開けながら楽しそうに笑っているおばあさんと目が合った。

「ふふ、お布団はひとつでよかったみたいね」

「え、ちょ、違」

「朝ごはんはもうすぐだからね、朗くんも起こしておいてね」

否定しようと振りかけた手は、むなしく空振るだけ。わたしの言葉を聞く気すらなく、おばあさんはあっという間に台所へと行ってしまった。ぽつんと開いたふすまの間、それを見つめたまま、ごしごしと寝癖だらけの髪を掻く。まだ、カーテンの隙間から見える風景はしっかりと輪郭を保ってはいない。太陽の昇っていない空の色は灰色だ。

こんな時間に起きたのはいつぶりだろう。すごく眠くて、油断したらまぶたが閉じてしまいそうになるけれど、この時間に起こしてとおばあさんにお願いをしたのはわたしだ。今日、暗くなる前に海に着くためには早朝には出発する必要がある。

「…………」

まだ、隣から聞こえている寝息に向けて、そっと視線を落とした。

「朗」

　肩を揺すりながら呼ぶと、小さくまつげが震えて、それからゆっくりとまぶたが開く。朗は何度か瞬きをしたあと、横になったままわたしを見上げた。

「あ、夏海……おはよう」

　そう言って、夜中に起きたことなんてまるでなかったみたいにゆるりと笑うから、そののんきな態度に一気に腹が立った。それからじわっと目頭が熱くなる。

　よかった。大丈夫だ。

「どうした夏海、俯いて。嫌な夢でも見たのか」

「うっさいあほ」

「朝からひどい暴言だな。それよりおまえ、なんでおれの布団にいるんだよ」

「あんたがわたしの布団にいるんだってば」

　朗が、隣に敷いてある布団を見て「ほんとだ」と笑う。なんだかもう、のんき過ぎて、わたしのほうが馬鹿みたいだ。

「もう」

　溢れそうになる涙を抑えるために息を吐いた。そして、倒れ込むように、朗の胸に額を寄せた。

「本当にどうした夏海、腹でも痛いのか」

「そんなわけないじゃん、馬鹿。朗の馬鹿、あほ」

カーディガンを握り締める。分厚い布。その下の、冷たい肌。

ずっと抱き締めていた、眠ってしまっても、その手だけは離さずにいた。寒くないように、あったかいように。

「朗が、死んじゃうかと思った」

声が震えた。堪えきれなかった涙が、ひとつだけぽつりと染みをつくった。

「ああ、そっか。そうだな、ごめんな」

ようやく、思い出したように朗は呟いた。

「おれは、大丈夫」

寄せた額からは朗の心臓の音が伝わっていた。

静かな、でも確かな鼓動。

胸の奥で鳴る生きている音。

「おまえは死のうとしてたくせに、人が死ぬかもしれないときには泣くんだな」

「あたりまえじゃん。何言ってんの」

「そうだな、あたりまえだよな」

顔を上げると、色の濃い瞳がわたしを見ていた。そこに映った自分の顔と、目の前の朗は、正反対の表情をしている。いつだってそうだ。わたしたちは何ひとつ同じじゃない。

でも今そばにいる。

「ありがとう夏海。泣かないでいい」

「……わかった。でも、お礼なんて言わなくていいから、もう二度と心配かけさせないで」

怖かった。何が起きているかわからなくて、本当に朗が死んでしまうんじゃないかと思った。あのままどんどん冷たくなって、もう二度と、目を覚まさないんじゃないかって。

自分が死ぬことは何も思わないのに、目の前にいる人がいなくなってしまうことは、耐え切れないほどに恐ろしかったんだ。

「優しいな、夏海は」

朗は、わたしの言葉に答えることはしないで、ただそれだけを、呟いた。


「おばあちゃん、ありがとう」

「本当にお世話になりました」

店の表に並んだわたしと朗は、揃っておばあさんに頭を下げた。

空は明るくなっているけれど、まだ町は起き出さないくらいの時間だ。

「気をつけて行きなさいよ。ちゃんとお茶飲んでね。ときどきは休むんだよ」

「はい。わかってます」

自転車の前かごには、お茶の入った二本のペットボトルと、いくつかのおにぎりが入っている。もうロクにお金も持っていないわたしたちにせめてもとおばあさんが用意してくれたものだ。

「朗くんと夏海ちゃんのこと、ここで応援してるからね」

「はい、本当にありがとうございました。またすぐに、必ずお金も返しに来ます。そのときに、きちんとしたお礼も」

「いらないのに、そんなもの」

「そうはいかないです。絶対にちゃんと返しますから」

わたしはもう一度、深く頭を下げた。たいしたお礼なんてできないだろうけれど、与えてもらった分はきちんと返したいと思う。

「おばあちゃん」

朗が、一歩だけ、おばあさんに寄り添うように足を踏み出した。

「おれは、おばあちゃんのこと忘れない。絶対、ずっと覚えてるから」

明け方から鳴き始めた蝉の声が辺りをじんわり包んでいた。

朗の言葉は、伝えるというよりは、まるで自分に言い聞かせているみたいだった。今のこの瞬間を、この想いを、消してしまわないように。

不思議には思った。今わたしがすぐに来るって言ったばかりで、数日も空けないうちにおばあさんにはもう一度会えるはずなのに、まるで朗の言い方はこれでもう二度と会えないと言っているように聞こえる。どうしてそんな最後の別れみたいな言い方をするのだろうと思った。失礼だし不謹慎だし、もしかしたらお礼はわたしだけにさせるつもりなんじゃないかって、少しむっとしたりもした。

ただ、そのときの朗の表情が、ひどく苦しそうにも見えたせいで、わたしは何も言えなかった。

「ありがとう。わたしも忘れないからね」

おばあさんが柔らかな口調で答えた。

その途端、朗の強張っていた顔つきが溶かされるみたいにふわりと緩んだ。肩で吸った息を深く吐いたときにはもう、いつもの表情に戻っていた。

「うん。ありがとう」

覚えている、というのは、難しいことだなと思う。忘れたいのに忘れらないことがあるのと同じで、覚えていたいと思っても、いつの間にかなくなってしまうものはきっと両手で数え切れないほどある。

こんな、ほんの短い時間を一緒に過ごしただけの人のことを、一体いつまで覚えていられるんだろう。

ずっとなんて……永遠なんてものはない。必ず終わりはやってくる。

今一緒にいる朗のことを、わたしはいつまで覚えているだろう。

きっと海までの旅が終われば関わることのなくなる、たった一瞬だけの関係の、きみのことを。

この旅が終わればわたしたちのつながりも終わる。ほんの少しは続いても、そこから先はわからない。きっと元に戻るのだろう。お互いを忘れて、朗はわたしが知らない朗の日常に、そしてわたしは朗の知らないわたしの日々に。わたしが、終わらせようとした日々に、戻る。

「さようなら」

ペダルを踏むわたしのお腹を朗の両腕がぎゅっと掴む。相変わらず冷えたその温度を感じながら、わたしはぼんやりと、本当は無かったはずの、昨日の明日だった今日と、その先の明日を、考えた。


少しずつ夜明けから朝の空に変わっていく。まだ涼しい空気の中を、わたしたちは進んでいく。

朗は、落ちないようにわたしのシャツをしっかり掴んで、わたしはそのぬくもりを感じたままハンドルを握る。とても静かで、この世界にわたしたちふたりきりになってしまったような、そんな気持ちになる。

「涼しいなあ」

後ろでのんきにそんなことを言う同乗者に、きっとすがすがしい気持ちで返事をできるのは今だけだろう。

「そうだね」

爽やかな朝の風は、たぶんあと数時間もしないうちに生温くて気持ち悪い風に変わる。真夏の空気。うだるような蒸し暑さは、何度経験しても慣れることはない。

「なあ、夏海」

「何」

「海は綺麗かなあ」

「うん、綺麗だよ。今から行くところは、南の島の青い海とは違うけど、たぶん、綺麗」

「そうか」

朗が、小さく息を吸うのがわかった。きっと笑っているんだと思うけど、そこまでは、顔が見えないからわからない。

わたしも息を吸って、吐き出した。

まだ、海の匂いはしない。だけど、真夏の風の香りは、不思議な何かをはらんでいて、わたしの中に染み込んでいく。

「夏海」

朗がまた、わたしを呼ぶ。

「何？」

答えると、「見て」と短く返ってきた。

視界の隅で、カーディガンを纏った朗の腕が真っ直ぐに伸びる。白い手がどこかを指差して、わたしの視線がそれを追う。

「綺麗だな」

見えたのは、遠くの町の、さらに遠くに昇る白い太陽。真っ暗闇だった世界を照らす、眩しいほどに明るい、夏の朝日。

こんなにもたやすく日は昇る。朝なんて、簡単に来る。

明日なんて待たなくたって、気がついたらもう、明日は今日だ。

「うん、そうだね」

ただ、今は単純に、その朝日を綺麗と思えた。

太陽はここまで光を届けて、そのせいか心が焼けるみたいで、なぜだか少し、泣きそうになった。

第三章

鳥居の向こう

感じる風は今日も変わらず生温く、陽射しは殺人級に強い。耳障りな蝉の声は一層うるさくなるばかりで、海との距離はなかなか縮まることはない。思ったより筋肉痛がひどくなかったのは幸いだけれど、それでもやっぱり、少しは痛むし、疲れもある。なのに、わたしは朗を後ろに乗せたまま、ひたすらペダルを踏んでいる。

「もう！　なんでわたし、こんなことしてんだ！」

何を今さら。

自分でわかっていながらも叫ばずにはいられない。すべてを夏のせいにできたら楽なんだろうけれど、そんなアバウトな責任転嫁で収まるような気持ちじゃない。

「なんでって、おれを海に連れていくためだろ」

しかも、後ろでそんなことを言うヤツがいるものだから、わたしはもう、この気持ちをどこに投げつけてやればいいのやら。

「そりゃそうだけどさ、なんか、こう、なんだろうな、もうわからん！」

「怒りっぽいなあ夏海は。まずは落ち着け」

なだめるように朗がわたしの背中をたたく。後ろにいるから顔は見えないけれど、相変わらず涼しげな顔をして、飄々と優雅に自転車の旅を楽しんでいるに違いない。わたしは汗だくで、体中を痛めて、みっともないのも顧みず頑張っているっていうのに。なのに、その努力も、なかなか報われてないっていうのに。

「もお！　海、こっち来い！」

「無茶言うなよ」

「わかってるってば！　わかっててても言いたいことだってあるんだよ」

小さい声でも聞こえるのに、無意味に叫んでしまう不思議。そしてそのせいで余計に息が切れて疲れる。馬鹿だ、わたし。知ってたけど。

だって言いたいんだから仕方ないじゃない。むしろ言わないとやっていけない。言ったところでどうにもならないのはわかっているけれど。そして疲れるだけ。

「そうめげるな夏海。もう半分は過ぎてるんだろ？」

やる気と体力を失いかけているわたしの後ろで、かさかさと渇いた音が聞こえる。

「おばあちゃん家がここって言ってたから、また少し進んで、今はこの辺りかな」

朗が、わたしの背中を台にして地図を広げ、その上を指でなぞっていく。わたしからは見えないけれど、おばあさんの家で見たそれがまだぼんやりと頭に残っていた。

おばあさんの店が、ちょうど出発した町と海の、真ん中よりも少し手前辺りだった。あれからまた随分進んだからもう真ん中までは辿り着いているはずだろう。

残すは、あと半分。

「でもその半分が大変なんだよなあ。どうしよ。全然ゴールが見えないや」

もう半分、というよりは、まだ半分、という感じだし。昨日あれだけ進んだのに、それと同じだけまだ行かなくちゃいけないと思うとうんざりする。

「先が長すぎて辿り着ける気がしないよ」

「だけどいつかは終わるだろ」

ふいに朗が呟いた。

「終わらないものなんてないんだから」

朗はわたしの後ろで広げた地図をたたんでいる。

聞き返しかけたのは、今の言葉がわたしの呟きに対する返事に思えなかったからだ。それがなぜだかはよくわからないけれど。

道路を見つめていた顔を、少しだけ上げてみる。

「そうだね」

いつかは終わる。

進んでいないように思えても、確かにわたしたちは海へと近づいていて、永遠に続くように思えるこの瞬間はいつか必ず終わりを迎える。

長くても、遠くても。いつかは必ず終わるんだ。

「終わらないものなんて、ないんだ」

誰に向かって言ったのか。何を思って言ったのか。

確かめるように、朗はもう一度呟いた。

わたしはもう、叫んで何かを言い返すことはしないで、黙ってその穏やかで遠い声を聞いていた。


朗とふたり、突然の誘いから始まったこの無謀な旅も、きっといずれは終わりを迎える。

朗がなんのために海を目指すのか、なんのための旅なのか、それはわからないままだけれど、わたしが海を目指す理由はただひとつ。朗が、行きたいと言うからだ。

それ以外に目的はない。海に着けば、それで終わり。

すべてが終わったとき朗がどうするのか、それもやっぱりわからないけれど。わたしは、自分がどうしたらいいのかすらわからないままでいる。

この旅が終わったとき、わたしは一体、どうしたらいいんだろう。

死ぬつもりだった。昨日学校の屋上で朗の声に止められなければわたしはとっくに自分で命を捨てていた。躊躇はしなかったと思う。ずっと前から決めていたことだったから。

そのはずなのにどうしてか、わたしは今まだ生きている。

こうして今生きて、目的を持って進んでいるわたしは、この旅が終わったら、一体、どうするつもりなのだろう。


手前を田んぼ、そしてその向こうを山に挟まれた、真っ直ぐに続く田舎道。脇を走る線路は、ずっと前に一度、二両編成の真っ赤な電車が通り過ぎたきりだ。所々に点在する民家以外には大きな建物もなく、人を見かけることも少なくて、代わり映えしない風景が続いた。

そして日はもうすぐ昇り切ろうとしている今、布団の中でゆっくりと寝て回復しつつあったわたしの体力は、再び限界を迎えていた。

「……朗、ちょっとどっかで休みたいんだけど。お腹減ったし」

「おにぎりタイムだな。ちょっと待て、どこかにいい場所はないかな」

ペダルを踏むことすら無意識になっているわたしの代わりに、朗がきょろきょろと辺りを見回して「あ」と声を上げた。

「あそこ、なんかあるぞ」

「死体じゃないだろうね」

「違う。ほら見ろ、木が生えてるだろ。なんだろうな、公園かな」

のそりと、アスファルトばかりを見ていた顔を上げると、確かに少し先の道の脇にわさわさと木が生いしげる場所があった。よく見ると、青々としげる緑の隙間から真っ赤なものが覗いている。鳥居だった。どうやら、小さな神社らしい。

神社の横には田んぼを巡る用水路があり、わたしたちが通ってきた道から鳥居までは、その用水路をまたぐ橋で結ばれていた。橋の手前に自転車を止めて用水路を渡る。目の前にそびえ立つ古びた鳥居は、なんだか妙な威圧感があった。

「人は、いないみたいだね」

「休憩するのにちょうど良さそうだ」

大きな鳥居をくぐった先には、短い参道と、小さなお社がぽつんとあるのみだった。小綺麗にはしてあるけれど、やっぱり人はいない。

わたしたちはお社に向かって一礼してから、屋根の下に腰かけた。

静かな場所だった。あれほど鬱陶しく感じていた蝉の声だって、不思議と近くにあっても不快じゃない。お社の屋根の下は涼しくて、それだけで随分心地良かった。

屋根の向こうの空は、青く、目が覚めるほどの濃い色をしている。分厚く膨らんだ空には雲はなく、ここからは見えない太陽の白い日差しだけが伸ばしたつま先に当たっていた。

おばあさんの作ってくれたおにぎりを齧った。少し多めにしてくれている塩加減が、汗をたくさん掻いた今はちょうどよかった。

電車の音が聞こえた気がした。ここからじゃ、真っ赤な車両は見えなかった。

風が吹いた。木漏れ日が揺れる。

なんだか、別の世界みたいだなと思った。

あまりにも静かなせいだ。日陰が少し涼しいせいだ。空が青すぎて、目を逸らすことができないせいで、こんな変なことを考えるんだ。

この場所は、今までいたところとはまったく違う場所で、わたしはあの鳥居をくぐった瞬間から何もかも切り離された別の世界に来たのだと。この場所以外に何もない、他の誰もいない場所。

「夏海」

朗がぽつりとわたしを呼んだ。朗は、一口齧っただけのおにぎりを両手で持ったま
ま、じっと空を見上げていた。

「何?」

「変なこと、言うけど」

「うん」

「おれは今ここを別の世界みたいだと思った」

形のいい鼻先を上へ向けた横顔は、暑苦しい夏には似つかわしくないほど透明で涼

しげだ。だから、今にも雪みたいに、溶けて消えてしまいそうだと思った。

「今までいた場所とは似てるけど違う。空も風も音も匂いも、おれたちだって、まったく違うところに来たんじゃないかって。変だよな、そんなわけないのに」

朗がわたしを見た。照れくさそうに笑うその顔を、わたしは馬鹿にはできなかった。泣きそうだと思った。わたしじゃなくて、朗が。どうしてか泣いてしまいそうな顔に見えたのだ。

右手でスカートの裾を握り締める。笑えなかった。息を小さく吐き出した。

「わたしも、同じこと思ったよ。ここが別の場所だったらいいなって思った。今までのものなんて全部なくなってわたし自身もまったく違うものに変わればいいって。そうだったらいいのにって、思った」

口にするとひどく幼稚に感じるけれど。ほんの一瞬だけは本気でそう願った。

自分の命さえ捨てることになんの躊躇もないくらいもう何もかもいらないと思ったのに、でも、こんなわたしが、もしも違うものに変わったなら。今も体の真ん中をぎゅうっと締めつけるものも消えてくれるんじゃないかって。

でも、本当に、何かが変わったわけじゃない。わたしは何も変わっていない。

わたしの手のひらは何もないままで、なのに捨てたいものは捨てられないまま、体の中に居座っている。

変わらないんだ。わたしはわたしが嫌いな自分のまま。誰にも……自分にとっても必要じゃなくなったわたしのままで、今も、ここにいる。

「そうか、夏海も同じことを思ったのか」

朗が少し目を細めた。もう泣きそうな顔には見えなくて、いつもどおりの涼しげな笑顔だった。

「おれと一緒か」

何も変わっていないままなのに、わたしが捨てようとしたものを全部まるごと拾ってしまったきみのために、わたしは今、ここにいる。

朗のせいなんだ。

これからのことなんて考えられないし、考えたくないままだけど。きみがわたしの隣にいて、わたしの手を掴む間だけは、わたしのこの手は空っぽじゃない。

——息を吸った。もう一度空を見上げた。

雲の無い空は海に似ていると思う。だけど空は手を伸ばしても届かない。海は必ず、手が届く。

ごしごし目を擦ってから、朗が全然手をつけようとしない残りのおにぎりを引っ掴んだ。食べられるときに食べておかないと体力が持たなくなる。おばあさんがたくさん作ってくれたから、残りはまだ六個もあった。どうせなら全部食べてやろうと、包んでいたアルミホイルを二個いっぺんに剥いたところで、ふいに、ポケットから着信音が響いた。

電話だ。スマホを取り出すと、液晶画面に相手の名前が出ていた。

――息が止まった。

まさか。なんで。

……今、この名前が。

「夏海、出ないのか」

着信音は鳴り続けていた。わたしは朗の言葉には答えずに、だけど電話に出ることも、切ることもしないで、音の鳴るスマホを見下ろしていた。

「親からか？」

その質問にだけは小さく首を横に振った。親からは絶対にかかって来ないことはわかっているし、もし連絡が来ても無視するのは簡単だ。そうじゃないからこんなにも、頭の中、混乱している。

右手で持ったスマホはいつまでも大きな音で呼んでいた。朗が、首を傾げながらわたしのスマホを覗いて言う。

「トオル」

同時に音が切れた。着信音がやめば途端に辺りは静かに戻って、葉擦れの音、蝉の鳴き声、それからまだ治まらない自分の鼓動、それだけがうるさい。

「出なくてよかったのか」

噛み締めたくちびるに少し血の味が滲んだ。スマホの画面は不在着信を知らせる通知が出ていて、そのうち真っ暗に戻った。

朗の言葉には頷いた。出なくてよかった。どうして向こうが今さら電話をしてきたのかは知らないけれど、わたしはもう、話すことは何もない。もう話すこともないと、思っていた。

「トオルって、友達?」

珍しく朗がよく聞いてくる。わたしはようやく噛み締めていたくちびるを開いて、忘れていた呼吸をした。指先は冷え切っているのに手のひらには汗が滲んでいる。

静かになったスマホは、もう鳴りそうにはなかった。スカートのポケットに戻して、置いていたおにぎりを代わりに手に取った。

「違うよ。友達じゃない」

わたしがおにぎりを頬張ると、朗も思い出したようにまだひとつ目のそれを小さく齧った。

その姿を横目に見ながら、そういえば正反対だなと思った。

朗と、トオル。

「トオルは、少し前までわたしが付き合ってた人」

まだ、その名前を呼ぶ自分の声をよく覚えている。

それから彼の声で呼ばれる自分の名前も、忘れられずに覚えている。わたしのよりも少し熱いくらいの手のひらの温度も、明るい色の髪のさわり心地も、笑う顔も、全部。

「二年付き合ってたんだ。中学生のときから、友達の紹介で。最初はそんな気なかったんだけど」

笑った顔が、印象的な人だった。

まるで真夏の太陽みたいな、そんな人だ。

つながり

誰かに必要とされたいという気持ちが強かった。

それは小さい頃に、お母さんがわたしを置いて、家を出ていってしまってからのことだと思う。

小学校に入ったばかりのことだ。今はもうお母さんの顔は思い出すことすら難しいけれど、あの日、家を出ていこうとしたお母さんの背中に向かって何度も叫んだことはよく覚えている。どこに行くのと聞いたわたしに、お母さんは一度だけ振り向いて頭を撫でてくれたけど、立ち止まることはしないで、わたしに背中を向けて歩いていった。

行かないでって泣いて叫んでも届かなかった。お母さんの背中はどんどん離れてそのうち見えなくなって、それきり一度も会えなかった。

お母さんがいなくなってから、家族はお父さんとわたしのふたりだけになった。だけどそれはお母さんがいた頃とはまったく違った家族の形だった。お父さんは仕事でほとんど家にいないから学校から帰ればいつだってひとりで、日曜日すら朝から夜まで見かけないことも多かった。

休みになるたびに遊びに連れていってくれる友達の優しいお父さんが羨ましかった。わたしの家は遊びにいくことも滅多にないし、それどころか顔を合わせることだってない日もあった。うちのお父さんは、わたしになんて、なんの関心も持っていなかった。

思えば、それがお母さんが家を出た原因だったのかもしれない。他人に興味を持たなくて、いつだって目を合わせようとはしない。

お父さんはわたしを必要としなかった。

でも、誰かに必要とされたかった。

誰かのための自分になりたかった。

誰かに、愛してほしかった。

お母さんにとってもお父さんにとっても自分はいらなかったんだと思うたび、余計に強く必要とされたいと思うようになった。

それなのに人と深く関わるのが苦手だったのは、手に入れたものがいつか消えてしまうのが怖かったからだ。誰かに近づこうとするたびにあの日のお母さんの背中が浮かんで、届かなかった声を思い出す。あのときの気持ちをまた知ってしまうことは、わたしにとってひとりきりでいることよりも、ずっと恐ろしいことだった。

友達はいた。多くはないけれど一緒にいてそれなりに楽しいと思える友達だ。だけど彼女たちに対してもいつもどこか距離を置いている自分がいて——それがわたしに対してのお父さんと同じだと気づいて——自分のことが心底嫌になって、でもそんな自分を変えられなくて、きっとわたしはずっとこのまま、自分の嫌いな自分のままなんだろうって、そう思ってた。

だけど、そんなわたしの前に突然現れたその人は、ずかずかと、だけど陽だまりみたいに優しく、わたしの中に入ってきたのだ。

中学生にもなると、周りの女の子たちには彼氏ができ始めていた。そんな中、彼氏どころか好きな人すらつくれないわたしを心配して友達のひとりが知り合いを紹介してくれた。

それが、トオルだった。

友達の部活の先輩で、中学は同じだったはずだけど、わたしはそのときまで彼のことを知らなかった。そのことをあとから話したら『おれは知ってたのに』って怒られたりもしたっけ。

わたしよりもふたつ年上で、そのときもう高校生になっていたトオルは、どこか大人びていて、でも笑うと小さな子どもみたいに見えた。不思議な人だった。人を惹きつける魅力があって、いつだってたくさんの人の中心にいた。顔は整っているほうだったけれど、きっと、彼の周りに人が集まるのは、それだけが理由じゃなかったはずだ。

　なんでそんな人がわたしを見てくれたのか、それは今でも不思議に思う。聞くたびにトオルは『そんなの、あたりまえのことだろ』ってよくわからない答えしか言わなくて、あたりまえに思わないから聞いているのにと、わたしはいつも首を傾げた。だけど、トオルは確かにわたしを見てくれた。わたしに笑いかけて、わたしに触れて。わたしを必要としてくれた。

　最初は変な人だと思った。人気者なのに、なんでわたしなんかに構うんだろうって、近づくどころか引いていたくらいだ。

　でもいつからだろう、その気持ちが変わったのは。

　何がきっかけだったのかは覚えていない。ただ、わたしに向けられる柔らかな笑顔がいつからか何よりも好きになっていて、わたしもトオルの隣でだけはめいっぱい笑えるようになっていた。

　泣いたこともあった。トオルの前だと大声で泣けた。トオルの泣き顔を見たこともあるし、その後は一緒になってお腹を抱えて笑った。

　トオルが好きだった。トオルに好きでいてもらえる、自分のことも好きだった。つないだ手のあたたかさに気づくたび、ひとりじゃないんだと思った。わたしのより大きくて、わたしのと近い温度の手が、一歩前からわたしを引っ張って笑ってくれるのを見るだけで、もうこれ以上は何もいらないと本気で思った。

トオルは太陽みたいだった。真夏の近くて大きな太陽だった。

いつだって眩しくわたしを照らして、たくさんのあたたかさをくれた。明るい景色はいつだって、トオルがいたから見えていたんだ。


――ジジッと短い声を上げて、そばに止まっていたアブラ蝉が飛んでいった。お茶をひと口飲んでから、指についたごはん粒をぺろっと舐めると、涙と同じ味がした。

「でもおまえたち、もう一緒にいないんだろ」

つまらないから聞いていないんじゃないかと思っていたら、そう言われたから少し驚いた。

「うん。別れた。二ヶ月前かなあ」

「どうして」

「どうしてって言われると、全然特別な理由じゃないんだけど」

むしろありふれた理由だ。わたしたちの関係は〝よくある話〟であっさり終わった。

「きっかけはトオルがわたしじゃない女の人といるのを見かけたって話を聞いたこと。

トオルはわたしと違う高校に通ってて、その学校の人と放課後に遊んでるのを見かけたって」

今思えばくだらないなと思う。なんでトオル本人の言葉よりもそんな噂を信じたのか、詰め寄って訊ねたときのトオルの表情が悲しそうなのに気づいたときにはもう何もかも遅かった。

「その話って本当はデマで、トオルのことを好きな子が、わたしと別れさせるために嘘の噂を流したらしいってあとから聞いた。よくよく考えればすぐにわかったことなんだけどね。トオルはさ、そんなことしないし、浮気するくらいならきっぱりわたしとの関係断ち切ると思うし」

だめなのはわたしのほうだったんだ。トオルはあんなにも強くわたしの手を握っていてくれたのに、自分からそれを離してしまった。信じ切れなかったのは、まだ弱い自分を捨てきれていなかったせいだ。つないだ手はいつか離れるんだと、頭の片隅でずっと思い続けていた。

大声を上げて縋れば何かが変わったのかもしれないと今なら思う。必要だって、そばにいてって。頼ればよかった。でもわたしはたったそれだけを言えなかった。言うのが怖かったのは、言っても離れていってしまった背中を小さい頃に見たからだ。

「噂は誤解だってわかったんだけど、そこからできたわだかまりみたいなものが消えなくて、噂を流した人の目論見どおり少しもしない間に別れた。距離を置こうって、確か言ったのはトオルのほうだったけど、わたしもそれがいいって思ってた」

それから残ったのは空っぽだけだった。何も掴めない空っぽの手のひら。でも涙も出ないくらいの痛みだけ、ずっと体の真ん中に居座っている。

今もずっと。だからそれを、自分ごと捨てたいと思った。

「夏海が死のうとしてたのは、それが理由？」

朗は、笑っても呆れてもいなかった。大きな瞳が瞬きをする。じっとわたしを見ている。

「違うよ。さすがに失恋したくらいで死のうと思わない。馬鹿みたいでしょそんな理由。わたし、そこまで恋に生きてるようなヤツじゃないって」

「でも、関係してるんだろ」

「どうだろう。そうだな、少しはあるのかもしれない」

トオルと一緒にいた間は心の底から楽しかった。わたしはトオルのことを必要としたしトオルにも必要とされているんだって感じていたから、十分に満たされて、他に何かを求めようだなんて考えなかった。

だけど、なくしてしまった。

あれほど大事に抱えていたのになくしたんだ。そのことで、小さい頃に決めたひとつの自分への約束事を思い出した。

「わたしね、昨日誕生日だったんだ。十六歳になった」

　小さい頃に読んだ魔女の物語。お母さんがよく読み聞かせてくれたその本は、魔女見習いの少女の成長を描いた話だった。魔女の家では十六歳が成人だ。十六歳の誕生日に主人公の少女はお母さんと住んだ家から旅立ち、ひとりきりでいろんな町を渡り歩く。

　決めていた。お母さんが家を出て行ったあの日に、十六歳になるまではお母さんを待つことを。十六歳になったらわたしはおとなだ、お母さんがいなくてもひとりで生きていかなくてはいけない。でも、お母さんにとってわたしが本当に必要だったなら、わたしがおとなになるまでにきっとお母さんは迎えに来てくれる。

　でも、来なかった。

「馬鹿みたいだよね、小さいときはまだお母さんが迎えに来てくれるって信じてたんだ。だから自分に待つって約束した。いつからかは、お母さんが迎えになんて来ないことも、わたしがお母さんにとって必要じゃないっていうのも気づいてたけれど。そんな頃にトオルに会ったから、たぶんトオルは、わたしがお母さんに対して感じてた寂しい気持ちを代わりに埋めてくれてたんだと思う。だからトオルがいなくなって、すごく大きく空いた穴を、どう埋めたらいいかわからなくなった」

　誰かに必要とされたかった。トオルが隣にいてくれた間は何も思わなかったのに、いなくなって思い出して、気づいたんだ。

わたしは結局、お母さんがわたしに背中を向けた日から何も変わっていない。いつまでだって何も掴むことができないし、誰にも必要とされないし、誰かの特別にはなれない。

そう思った途端ひどく悲しくなった。ぬくもりを知っている空っぽの手のひらを見てひとりぼっちなんだって教えられて、これから先ずっとこうなんだって考えるだけで叫び出しそうなくらい怖くなった。

いつかのお母さんの背中が。わたしを見ないお父さんの目が。トオルの太陽みたいな笑顔が。心を締めつけて痛くする。何をしても治らない。

ならいっそ、全部、捨ててしまおうと思った。

「いらなくなった。どうせこの先もひとりでずっとこんな思いばかり抱えていくなら、誰かとのつながりも何もかも、自分のことだって、綺麗に消しちゃえばいいと思った。だから決めたんだ、自分への約束が終わる十六歳の誕生日に、全部まとめて消えちゃおうって」

見上げた空にいつの間にか飛行機雲がかかっている。細くて長いそれは真っ青なキャンバスに白い色鉛筆で引いた線みたいだ。指先でなぞってみる。先のほうはもう消えかかっている。

「じゃあなんでその電話、置いてこなかった？」

朗が言った。

答えられなかった。

そうだ。つながりがいらないと思うなら、こんなスマホ、置いてくればよかったんだ。捨てたっていい。電源を一度も入れなきゃいい。そうしないで、連絡が取れるように今も大事に持っているのはどうしてなんだ。

心臓は音が聞こえる。まだ鳴り続けているわたしの生きている音。少しずつ大きくなる。今もまだ鳴る。

「本当はまだ捨てたくないんじゃないのか。夏海が思う大切な人とのつながりも、おまえ自身のことも」

「そんな、ことない。だってわたし朗がいなきゃ死ぬつもりだったんだよ。形だけじゃない、本気だった」

「わかってる。きっとおまえは死ぬって決めたから、最後の最後まで待ちたかったんだろ」

そんなはずない。もうとっくに諦めていた。だからあそこですべて終わらせるつもりだったんだ。朗がわたしを、見つけさえしなければ。

「夏海、おまえ、本当は死にたくなんてないんだろう。生きていたいんだろ。まだ信じてるんじゃないのか、きっと誰かがそばにいてくれること」

くちびるが震えた。じっと向かい合わせた朗の目が、少し見開いて、それから柔らかく細まった。

冷たい指先がわたしの頬に伸びて下まぶたをなぞったところで、ようやく泣いていたことに気づいた。

ぼろぼろ零れて止まらなかった。泣きたくないのに止まらない。泣かないって決めたのに。だって泣いたってどうにもならない。

「信じたって、無駄なんだよ。無理なんだよ、わたしには」

「どうして?」

「だって、こんな、わたしのことなんて、きっと誰も、必要としてくれない」

「そうかな」

「そうだよ、だって」

だってみんな、わたしのそばから離れていく。誰もここにいてくれない。いつまでもひとりだ。

「そうか。夏海は誰かに愛されたかっただけなんだな」

わたしの頬から離れた手が、今度はわたしの手を掴んだ。ぎゅっと重なった手のひらの温度はやっぱりわたしのとは全然違う。冷たい手。

微笑んでいた。朗は、真冬の柔らかな陽射しのように、わたしに向かって。

「だったらおれが、おまえのことを愛してあげる」

小さく笑ってそう言った。

「……何、言って」

「夏海、おれができないことは、おまえがしてくれた。だからおれはおまえのために、おれができるすべてのことをしてあげたい。だけどおれにできることなんて何もないから、せめて、夏海が生きていたいと望むなら、おれが夏海の、生きる理由になるよ」

「朗」

「夏海、おれがおまえを愛してあげる。それがおまえの、生きる理由にならないかな」

馬鹿だ。

何言ってるの。愛してあげる、なんて、そんなに簡単に言わないでよ。

人の心はそんなに単純じゃない。口で言ったってどうにもならないからこそわたしは死のうと思うくらい悩んだっていうのに。

「朗、意味わかって言ってんの」

「うん」

「馬鹿だよ」

「そうかな」

「そうだって。馬鹿じゃん。わたしが簡単にハイって頷くと思ったの？」

「いや、夏海は怒ってばかりだから、怒ると思った」

「それわかってて言ったのか」

「怒ったっていいんだ。どこかで覚えてて。そうだな、おまえがこの先ひとりだと思ったときにでも思い出してくれればいい」

少し伏せられた長いまつげ。それを見ながら、ゆっくりと息を吐き出した。涙はもう止まっていた。じわりと上がってくる熱は、だから、たくさん泣いたせいじゃない。

手のひらはまだ、重なったまま。

「無責任だね、なんかそれ」

「そんなことはない」

「第一、言葉にしたくらいじゃなんの意味もないって」

「でも、声に出したら本当になるって夏海が言った」

「わたしそんなこと言ったっけ」

「言った」

覚えてないやって笑ったら、朗は珍しくちょっとむっとした顔をした。でも少しの間だけだ。すぐに元に戻って、ふわりと、見ているとまた泣きそうになるくらい綺麗な顔をする。

　――生きていたいと望むなら。

　どうなのかな、わたしはまだ、生きていたいと思っているのかな。

　そんなわけない。もうこんな思いをしてまで生きていたくない。

　だけどもしも、もしもきみがわたしに手を伸ばすなら。わたしはきっと、どれだけ高い場所の縁に立ち、足を踏み出そうとしていても、振り返って、伸ばされたきみの手を掴んでしまうんだ。きっと――。

「朗」

　立ち上がって、屋根の下から飛び出した。飛行機雲はとっくになくなっている。電車の音がした。空は変わらず重い青。

「行こう、お腹もふくれたし」

　振り向くと、朗も立ち上がった。日陰の中で見る朗の姿は一層儚げに見える。

「そうだな、行こうか」

　ゆるりと微笑む瞳を真っ直ぐには見られないまま、でも確かに隣を歩いて、わたしたちは並んで鳥居をくぐった。

　海はもう、それほど遠くない場所にある。

しばらくの間は変わらない景色が続いたけれど、確か、この山に囲まれた田舎町を抜ければある程度開けた街に着くはずだ。その街をさらに抜けた場所に、わたしたちの目指す海がある。

「もっと早く町に着くと思ったんだけどなあ」

地図ではたった数センチの距離なのに、どうして実際はこんなにも遠いんだろう。もう一年分くらいは自転車を漕いでいるはずだけど、進めども進めども一向に田んぼはなくならない。どこを見ても青い空と田んぼと山。なんだかキツネかタヌキにでも化かされて、おんなじ所を永遠にぐるぐるめぐっているような気さえする。近頃は日本の緑はなくなってきていると聞くけれど一体どこがなくなっているんだろう。こんなにもたくさんあるじゃないか。むしろありすぎるくらいだ。逆に町はどこだ。

「でも、もう少しだろ？　さっきの神社がここだから、今はこの辺りかな」

朗が、またあたりまえのようにわたしの背中を使って地図を広げる。さっきの神社があった場所の見当をつけてあげたから、そこからの距離を測っているんだろう。

地図に書かれた真っ赤な道のり。その上を、わたしたちは進んでいる。

「もうすぐだな、夏海」

「え、何が？」

「何がっておまえ……海がだよ」

うーみ、と強調するように朗が言うから、わたしは少しだけ笑う。

「そうだね。あと三分の一ってとこかな」

「そうか。楽しみだな」

朗の指が地図をなぞる。その感触を背中に感じながら、わたしは頭の中に、赤い道のりを思い描いた。

細かく折れ曲がりながら、だけど一本でつながる道。わたしたちが住んでいた町から、海までをつなぐ道のりを示す一枚の地図。

「そういえばさ、その地図ってなんなの？」

あまり気にしていなかったけれど、思えばわりと謎だ。今回のために線を引いて用意してきたのかとも思ったけれど、よく見れば、道のりを書いた赤い線も随分薄くなっている。たぶんつい最近書いたようなものじゃない。

「これか？　これはおれの宝物。小さい頃にじいちゃんから貰ったんだ」

「宝物？」

「そうだよ」

地図をたたむ音がした。そしてまた大事にポケットにしまうのだろう。

「ずっと見てたんだ。小さい頃から何度も。住んでる町から海までの道。それがちゃんとつながってるんだってこと。この地図はおれが知らない場所を教えてくれた。おれが知らなくても、それはちゃんと存在してるんだって。おれが知らないだけだって」

今走っている道の先を見つめる。

ここは地図が示した赤い線の上、海へと続く道だ。

「海は遠いだろ。おれたちの住んでる町からは見えないし、夏海が頑張って自転車を漕いでもなかなか着かない。だけど遠くてもちゃんとつながってるんだって、それだけでなんか、嬉しかった」

おばあさんに洗濯してもらった制服のシャツはとっくに汗でべたべただった。容赦ない直射日光に次から次へと汗が出るから、いつまで経ってもシャツは乾かなくて肌に張りついたままだ。それでも朗は相変わらず、涼しげな顔をしているのだろう。この季節には似合わない、分厚いカーデを着込んだままで。

「ねえ、朗は、なんで海に行きたいの？」

少しペダルが軽くなった。見る限りではわからないけれど、緩やかな斜面になっているみたいだ。

脇を走る線路の先、まだずっと遠くだけど、小さな電車の駅が見える。あれを越えればもうすぐ町だ。

「見たいんだ、海が。理由はそれだけ」

朗が言う。わたしはなんとなく空を見上げる。青くて広い空だ。真夏の濃い色の空は、海と似た色をしている。

朗が、海に行きたい理由は知らなかった。

ただ、昨日屋上でわたしと朗が出会ったとき、屋上に出たわたしよりも高い場所にいた朗は、きっとひとりで空を見ていたのだろうと思っていた。今日と同じに雲なんてひとつもなかった真っ青な空は、海と同じ色をしていた。だから、見上げた空に海を思って、朗はあの場所にいたんだ。たまたま同じ場所にいたわたしだけがその姿を見ていて、朗の願いを聞くことができた。

「海の写真を見たことがある。空と同じ色だったけど、やっぱり違う。もっと濃くて、だけど、きらきら光ってた。空と海の青と白。映ってたのはそれだけなのにいつまでも眺めていられた。写真でだってあんなにも綺麗だったんだ。本物は、どれだけすごいんだろうな」

向こうにある駅から、真っ赤な車体の電車が向かってくる。それが横を過ぎるとき、ざあっと温い風が吹いた。草の匂いがする、そう思ったら、「草の匂いがする」と、朗が同じことを言ったから、少し笑った。

「ねえ、朗」

呼ぶと、短い返事が返ってくる。

遠くなる電車の音が響く道の上、わたしは強くペダルを踏む。

「海が見たいなら、いつでも連れてってあげる。一度なんかじゃなくて何度でも見に行こうよ」

少し遠いってだけ。頑張れば、すごく大変だけど自転車ふたり乗りでだってどうにか行けてしまえる距離だ。真夏でも真冬でも距離は変わらない。いつでも行ける。

「一緒に行こう。今だけじゃなく、いつだって一緒に行こう」

何を言っているんだろう、わたしは。

だってそれはつまり、まだこれから先も生きようとしているってことだ。

死んだってよかった。こんなふうに生きるくらいなら死んだほうがましだった。

何もかもいらないと決めた。何もかも捨てようと決めた。昨日までそう思ってた。

なのになんで今、わたしは明日を、生きようとしているんだろう。

「夏海」

わかってる。最初からすべて原因だけは明確だった。

「ありがとう」

そっと、朗の額がわたしの背中にもたれかかった。

ひやりとした感触。冷たい体温。
だけど確かに、きみのぬくもりだ。

届かない声

山はまだ続いていたけれど、少し民家が増えてきたと思ったらあっという間に大きな道路に出た。さっきまではほとんど見かけなかったのに、一体どこからやってきたのか隣を何台もの車が走っていく。

田んぼばかりだった風景は、いつの間にかファミレスや有名カフェチェーン店が立ち並ぶ街並みに変わっていた。

信号待ちで止まっている合間にお茶を一気に飲んだ。すっかり温くなってしまっていたけれど何もないよりは随分ましだ。それに、ここまで来られたと思うだけで疲れているのも忘れられる。だってこの市街地を抜ければとうとう目指してきた海に出る。あと少しだ。ゴールはもうすぐそこまできている。

信号が青に変わるのと同時に強くペダルを踏んだ。人間二人分を乗せた重たいペダル。だけど錆びた車輪はちゃんと前に進む。もうすぐだ。その気持ちが、疲れ切ったわたしの足をまだ休ませない。

「朗、今何時？」

声をかけると、朗がわたしのスカートのポケットからスマホを取り出した。

「十六時二十三分」

「うそ、もうそんな時間？」

日が高いから気がつかなかった。休み休みで来たせいで思いのほか時間がかかってしまったらしい。このままだと海に着く頃には日が暮れかけているかもしれない。

「どうしよう。青い海は見られないかも」

「青くなくてもいいよ。海は海だろ。見られればいいんだから」

「そう言えばさ、海に着いたら何するつもりなの」

「何って？」

「何って、ほら、海に行ったら、いろいろするでしょ」

特に考えていなかったけれど肝心な気がする。

「考えてなかったな」

「だろうね」

「普通は何する？」

「泳いだりとか、バーベキューとか、花火とか」

「花火いいな。花火やろう」

「買うお金ないけどね」

「残念だな」

「本当にね」

少しペダルが重たくなった。なだらかな上り坂になったみたいだ。

この辺りは、少し知っている。わたしの記憶が間違っていなければこの上り坂をずっと進んで、高台に出た場所から一気に下れば海に辿り着いたはず。道は一直線だ。

「何もできないね、海に行っても。砂浜で寝転ぶくらいしかできないや」

「それいいな。それにしよう」

「え？　寝転ぶ？」

「うん。日が暮れたら星も出るだろ。砂浜に寝転んで見たら、きっと気持ちいいんだろうな」

「星かあ」

暗くなった夜空いっぱいに光るそれを想像した。温度の下がった砂浜から見上げたら、たぶんとても綺麗なんだろう。

「そうだね、いいかも」

「よかった。夏海が怒らなかった」

「ねえ、わたしがいつ怒った？」

「だいたいいつも」

ぷすすと朗が笑う声がする。それにまた声を上げるのは癪だったから腹立ちまぎれにペダルを思い切り踏んだ。

　でも、確かに昨日からよく怒ったと思う。これだけたくさん腹が立ったり驚いたり困惑したりめげたりしながらもわたしはこんなところまで来た。

　はじめは朗のためだけに。今は、自分も、朗と一緒に海を見たいと思って。最後の道を走っている。

　もう疲れなんてひとつも感じていなかった。重さもない。この自転車はたぶんどこまででも行ける。きみを乗せて、きみが行きたいと思うなら、その場所へ、どこまでも連れていってあげたいと思う。

　きみがわたしの手を掴むなら。

　わたしもきみの手を離さない。

　だから、どこまでも行く。行けるところまで。

　一緒に行くんだ。いつだって。

「朗、楽しいね。生きてるって感じがする」

　心からそう思った。そう思えることが嬉しかった。

　自分でも信じられないけれど。昨日の今日でこんなにも気持ちが変わるなんて。

　死ぬことを決めた昨日。なのに今日は、生きることを肯定しているなんて。

　おかしいよ。泣きたいくらいだ。だけど笑いたい。

いつまでも今が続けばいいと思うくらい。

こてんと、朗が背中におでこを寄せて、両腕をわたしの腰に回した。手首の先までカーディガンで覆った朗の細い腕が、ぎゅっとわたしのお腹の辺りを掴まえていた。じわじわと熱くなるのを感じる。触れる朗の腕は真夏の空気よりもずっと冷たいのに、触れられた場所は焼けるように熱い。心臓の音が、まるで外から鳴っているみたいに大きく響くから、聞こえてしまいそうで、慌てて速度を上げた。

「夏海」

朗がわたしを呼ぶ。近くにいるのに朗はよくわたしの名前を呼ぶ。

「何？　朗」

答えると、朗は背中におでこをくっつけたままぎゅっと腕に力を込めた。カーディガンの向こうからでも伝わる体温は、冷たいけれどやっぱり、熱をくれる。

「よかった、夏海で」

小さな声だった。よく通る朗の声がそのときだけ掠れていた。

「一緒に来てくれたのが、夏海でよかった」

呼吸の音、心臓の音、流れる汗も、零れそうな声も。全部が今わたしがここに生きているという証拠だった。

本当ならもう無かった今。全部をなくしたあとのわたしにそれをくれたのはきみだった。

きみが気まぐれで差し伸べた手と、誓いにもならない小さな言葉が、今は本当にわたしの生きる理由になった。

――愛してあげる。

そんな言葉を本気にするのは馬鹿だってわかってる。でもそれはわたしが一番に欲しかったものだった。

誰かに愛されたかった。そうなんだ。わたしは誰かに愛されたくて、それから誰かを本気で信じてみたかった。

自分を好きな、自分になりたかった。

馬鹿なのはわかってる。わかってるけどわたしは、きみを、信じてみようと思った。

「朗」

同じだ。わたしもここまで来られてよかった。

それだけをどうしても伝えたかった。

でも、できなかった。

「……朗？」

ずるりと外れる細い腕。冷たい体が、力なくわたしの背中にもたれかかる。

「朗、どうしたの？」

慌てて自転車を止め振り返ると、朗の体がぐらりと傾いた。

咄嗟に手を伸ばしたけれど支えるには間に合わなくて朗を抱えたまま地面に倒れた。同時に支えのなくなった自転車も反対側に大きな音を立てて倒れた。空回る車輪。腕を擦りむいていた。痛みには気づかなかった。

「朗、どうしたの、ねぇ」

体を起こして、横になったままの朗の肩を揺さぶって何度も声をかける。返事はひとつも返ってこない。まぶたは閉じられたまま、真っ白な肌に透けた血管だけが浮かんでいる。

「朗」

触れた頬は驚くほどに冷え切っていた。人形みたいだ。こんなの、人の体温じゃない。耳を近づけた口元からはほんの少しだけ息が漏れているしでも今にも止まってしまいそうなほどかすかで、胸の真ん中に当てた手のひらには、何も響いてこない。

「……」

何が起きているんだろう。どうしよう、どうしたらいい？

どうして急に。違う、急じゃない。昨日の夜も同じことがあった。でも、あのときとは違う。

「朗」

呼んでも答えない。動かないし目も開けない。昨日の夜とは違う。

もっと、大変なことが起きている。

「起きてよ、ねえ、お願い」

昨日の夜と同じように体を抱き締めて両手で擦った。だけど瞳は開かない。くちびるはわたしの名前を呼ぶことはなくて、柔らかく笑いかけてはくれない。

ふいに、道端でひかれていた子猫の姿を思い出した。もう二度と動かない冷たい体。

――ドクンと胸が鳴る。慌てて首を横に振った。大丈夫だ。朗は違う。生きている。大丈夫。大丈夫だよね。

「朗！」

目を開けて。くだらないこと言ってわたしを怒らせてもいいから。名前を呼んで。のん気に涼しげに笑って見せてよ。

じわっと視界が滲む。ひとつだけ涙が零れて、血の気の無い肌の上に落ちた。

「ねえ……返事して」

そのとき。

車が一台そばに停まった。

ハッとして顔を上げると目の前にパトカーが停まっていた。そこから降りてきた二人の警察官は急いだ様子でわたしたちのそばに来ると、倒れた朗の顔を見て頷き合った。

——よかった、助けてもらえる。

朗の様子は変わらないままで、生きているのにまるで死んでいるみたいだ。わたしじゃどうしようもない。このままではどうにもならない。早く助けて。

「あの」

だけど、声を絞り出そうとしたわたしに、振り向いた警察官が言ったのは思いもかけないことだった。

「彼は、藤原朗くんだね」

「え……?」

戸惑って頷けなかった。なんで、朗の名前を。

「答えて。間違いないね」

「は、はい。そうです」

「すぐに連れていこう。病院に連絡いれて」

警察官はもう一度二人で頷き合うと、力のない朗に手を伸ばした。わたしがそれを反射的にかばうと、ぴたりと手を止め、わたしを見る。

「心配しないで。病院に連れていくんだよ。このままじゃ危ないらしいから。今の朗くんの様子を見ればきみもわかるでしょう。お願いだから離してくれないかな」

従う気はなかった。でも、動かない朗を見て、くちびるを噛みながら腕を外した。警察官の二人が素早く朗を抱え上げてパトカーの後部座席に寝かせるとひとりだけが運転席に乗り込んだ。立ちすくんだままその光景を呆然と見つめていると、もうひとりの警察官がわたしの横に並んだ。

「彼のご家族が、彼のことを探していたんだ。本当にここにいるとは思わなかったけれど」

顔を上げると、彼もそっとわたしに目を向ける。

「きみは、一体……」

眉をひそめてわたしに言う。わたしは誰なんだ、朗の、なんなんだと。

何も言えなかった。だってそんなのわたしも知らない。

わたしは朗のなんなんだろう。なんで、出会って、なんで今まで一緒にいたんだろう。どう言えば他の誰かにわたしたちのことを伝えられるのかわからない。上手く伝えられる言葉なんてひとつも思い浮かばない。

「朗」

パトカーがサイレンを鳴らす。足を踏み出そうとしたら同時に肩を掴まれた。振り返れば、わたしを止めた警察官が首を横に振っていた。

「きみは一緒には行けない」

進む道を、ふさがれたような気がした。
ずっと一緒に来たのに。ふたりで海を目指してここまで来たんだ。あと少しだった。
約束したんだ、見せてあげるって。
一緒に、ここまで来たんだ。
「なんで」
パトカーが走り出す。わたしがもう追いつけないところまで。
「待って！　朗！」
行かないで、一緒にいて。
そばにいて。
一緒がいいよ。離れたくないよ。どこにも行かないで。
わたしを呼んで。笑ってよ。
だってふたりで、海に行くんでしょう。

「朗!!」

叫んでも、声はもう届かない。

第四章

きみのこと

人の話し声と足音が聞こえる。それに混ざって雨が地面を打つ音も響いていた。後ろにある窓の向こう、夜の色しか見えないそこにはいくつもの水滴が張りついている。久しぶりの雨だ。昼はあんなに晴れていたのに、どこから来たんだろう、雨雲。今日中に海に着けていたとしても、これなら星は見られなかったな。

窓から視線を戻して、膝の上に置いた自分の手を見つめた。昨日に比べて少し日焼けしたように思える小さな手。その手の中にあるアイスティーが、ゆらゆらと音を立てずに揺れていた。液面に映り込んだわたしの顔は、昨日までのわたしと同じ表情だ。

「少しは落ち着いたかな」

顔を上げると、わたしをここに連れてきた後藤《ごとう》さんという警察官がそばに立っていた。笑顔を向ける彼に返事はしないで、代わりに掠れた声で聞いた。

「あの、朗は」

「大丈夫。今連絡が来て、病院で静かに眠っているらしいよ。あのときちょうど見つけられてよかった。すごくラッキーだったね」

「そう、ですか」

よかった。それだけが気がかりだったから。

わたしは何もできなくて、朗を助けることもできなかったから、これからわたしがどうなろうとそんなことはどうでもよくて、今この瞬間、きみが穏やかでいるだろうかって、それだけが、心配で。

「隣いいかな？」

後藤さんが、わたしが座っている椅子の隣を目で示す。小さく頷くと、彼は表情を崩してわたしの横に腰かけた。

朗が倒れて病院に運ばれていったあと、わたしは別の車でこの警察署へと連れてこられた。これからどうなるのかわからなかったけれど、もう何を考えるのも億劫だったから、ただ言われるがままに従った。

ひとりになってしまったわたしに目的地なんてどこにもない。朗とふたりで海へ行けないのなら他のどこへ行ったって同じだ。行く場所も居場所もない、朗と出会う前の、わたしと同じ。

後藤さんの話では、朗は誰にも何も言わないで突然いなくなったらしい。学校からふいに姿を消した朗のことを、彼の家族は必死に探していたんだそうだ。主に学校の周辺をだけど、ただ、もしかしてという思いもあって、朗が大事に持っていた地図の道のりも探させた。そして朗が倒れたとき、その道のりの途中でたまたま捜索していた警察官がわたしたちを見つけた。

『ちょっと話を聞かせてもらうね』

朗と一緒にいたわたしは、そう言われてここに連れてこられた。それでもいくつか質問をされただけで、今はもう、小部屋みたいなところで休ませてもらっている。

知らない町の警察署は、遅い時間になっても働いている人がいた。こういうものなのか、それともここが特別なのか、考えたところで知らないし訊くほど興味があるわけでもない。

「ご家族の方に連絡したら、お仕事があるから迎えに来るのは遅くなるって。だから明日でもいいってお伝えしておいたから、たぶん明日の朝には来てくれるよ」

後藤さんが労わるような口調でそう言った。できるだけ優しく接してくれているのがわかるけれど、わたしはそれに応えることができなかった。

俯いたまま、手元のアイスティーだけを見つめる。

迎えか。そんなもの、なくたっていいのに。

今ここで家に帰ったって何の意味もない。元の日々に戻るだけで、昨日までのわたしと何も変わらないじゃないか。結局わたしは何も変わらない。変えられない。何も掴めなくて、空っぽで、ひとりぼっちで大嫌いな自分のままだ。

そんなのは嫌だ。帰りたくない。こんなところで、終わりたくない。

「とりあえず今日はもう遅いから、仮眠室で寝ていっていいからね」

後藤さんが立ち上がり、わたしの肩を軽くたたいた。

明日になればお父さんが来る。きっと、面倒なことを起こしてと呆れ返っているんだろう。いや、そもそも本当にお父さんが来るのかもわからない。明日も仕事があるはずだ。わざわざわたしのためにこんな遠いところに来るのは面倒だろうから、誰か代わりの人を寄こすかもしれない。

それならそれで構わないけれど。誰が来ても、誰も来なくても、もうどうだっていい。

「またあとで来るから、しばらくひとりでゆっくりしているといいよ」

後藤さんが席を立つ。わたしは遠くなる足音をきつく目を瞑った。

――朗。

今、どこにいる？

何をしてる？

わたしがそばにいないこと、ちゃんと気づいているのかな。

あんなに海に行きたがってたくせに朗のせいでゴールできなかったよ。わたしがここに来るまでにどれだけ頑張ったと思ってるの。なんでわたしがこんなに頑張ったのかって、それが全部きみのためだって、ちゃんとわかっているのかな。

早く戻ってきてよ。朗がいなきゃいつまでたっても海は見えないままだよ。

知っているはずでしょ。わたしが今生きているのは全部きみのためなんだ。きみがわたしの生きる理由だ。それだけのためにわたしは今、呼吸をしてる。

『おまえの命、おれにくれない？』

そんなものはいくらでもあげる。わたしの時間もわたしの命も、きみが望んでくれるのならいくらでも差し出そう。

きみと一緒に今を生きるために、わたしはここにいるんだから。

朗、わたしは今ここいるのに。なんできみは、ここにいないの。

「……朗、会いたいよ」

まぶたを開けると視界がぼやけていた。右手の甲で両目を拭って、温くなったアイスティーをひと口だけ飲んだ。

そのときだ。ついさっき離れていったはずの足音が聞こえてきて、部屋のドアが開いたと思ったら後藤さんが慌てた様子で顔を覗かせた。

「夏海ちゃん、ちょっといい？　夏海ちゃんに会いたいって人が来てるんだけど」

「わたしに、ですか」

「うん。向こうの部屋で待ってるから」

誰だろうと思ったけれど、首を傾げるのも考えるのも気だるくて、言われるままに立ち上がった。

　案内されたのは応接用らしい小さな個室で、長方形のテーブルがひとつと、それを挟むようにソファが置いてあった。そして、そのソファの片側に、お父さんと同じくらいか、もう少し年上の男の人が座っていた。丁寧に整えられた髪には所々白髪が混ざっていて、しわひとつないスーツを着た、品の良さそうなおじさんだ。会ったことは、おそらくない。

「この子が朗くんと一緒にいた、竹谷夏海ちゃんです」

　後藤さんがわたしを紹介すると、おじさんはゆっくりと腰を上げ、わたしに向かい頭を下げた。それに軽く会釈を返してから後藤さんを見上げると、後藤さんは頷いて、次はそのおじさんのことを右手で示した。

「夏海ちゃん、こちらは、藤原朗くんのお父さんだよ」

　驚いた。だけど言われてみれば確かに、どこか面影がある気がする。色の濃い瞳なんてとくに似ていた。目の前にいるこの人は、朗のような真っ白い肌をしていないけれど、それでも深い色の瞳は惹きつけるような印象を与える。

　この人が、朗のお父さん。

「どうぞ座ってください」

　後藤さんが声をかけると、朗のお父さんはソファに腰を下ろした。わたしも促されるまま、向かいのソファに腰かける。

「では、わたしはすぐそこにいますので。何かありましたら声をかけてくださいね」

個室のドアが閉まった。二人だけになってしまった空間に妙な緊張感と重い沈黙が流れる。ちらりと、上目で朗のお父さんをうかがうと、向こうもくちびるを結んだままじっとわたしを見ていた。年相応のしわは目立つけれど端整な顔立ちをしている。朗は父親似みたいだ。そんなことを思い、目を伏せた。沈黙に耐え切れなかったし、何より朗の面影のあるその顔を真っ直ぐに見ていることができなかった。

けれど、わたしが視線を逸らすのと同時に、

「あの子に、同じ学校の友達がいるとは知らなかった」

と、低くかすかにしわがれた声がした。

顔を上げると、朗のお父さんはほんのわずかにだけれど眉をひそめた。

「あなたを責めるつもりはないよ。二人が発見された場所から考えるに、きっとうちの子のほうがあなたを誘ったのだろう」

「……」

「夏海さん、あなたはいつから、あの子のことを?」

知っていたのか、そう訊きたいんだろう。

ずくずくと、胸の奥で鈍く鼓動が鳴っている。

「昨日です」

「昨日？」

「はい。昨日、学校で初めて会いました。それまでは彼のことを知らなかったんです」

「そうか、なるほど」

朗のお父さんは、自分の中で確認するように何度か頷いた。

「なら、あの子のことは、何も知らないんだね？」

試しているみたいだった、わたしのことを。そんな視線だった。

射るようなそれに思わず目を逸らしてしまいそうになるけれど、でももう真っ直ぐに向けた瞳を動かしたりはしなかった。ここで目を逸らしたら、もう二度と朗に会えない気がしたからだ。

わたしはここで知らなければいけない。知らないままでいいとここまで来た、わたしの知らないいきみのことを。

「朗は、病気なんですか」

わかってはいた、朗が普通ではないこと。

おかしな言動も、他とは違う見た目も、昨日の夜の出来事も。何もないはずはない。

その理由はここに来てはっきりわかった。

「病気というよりは、もはや体質といったほうが合ってるかもしれないね。似た症状はあるが前例はない。どれだけ調べても、原因も、そして治療法も見つからなかった」

朗に似てよく通る低い声は、でも妙に力が無くあまり響かなかった。伏せられていた目が閉じるのが見えた。部屋に入ったときに見た姿よりも、朗のお父さんが小さく感じた。

「その、症状って、どんなものなんですか」

「体温が徐々に下がっていくんだ。一時的にではなく、生まれてからずっと成長と共に少しずつ朗の平熱は低くなっていて、今はもうとても人の体温とは思えないほどになっている」

「体温が、下がる」

「きみも知っているだろう。朗の肌が、ひとよりもずっと冷たいこと。あの子の体温は日に日に失われている。あの子に残された時間はもう、あとわずかしかないんだ」

手のひらに残った、朗の温度を思い出した。

初めて手をつないだときその冷たさに驚いた。触れた頬は人形みたいで、幽霊なんじゃないかとまで思ったほどだった。

でも、生きている。ぬくもりは、確かにあった。

どれだけ冷たくても、わたしのそれとは全然違っていても、いつだって、つないだ朗の手はとても温かかった。

「死ぬんだ、あの子は。もう、保ってあと数週間の命なんだよ」

何も言葉は出なかった。

心臓の音が、うるさいと思った。

「生まれた頃は標準で、何の心配もない元気な子だった。ただ三歳くらいからほんの少し他の子より体温が低いことに気づいて、でも原因がわからずそのままにしていたんだ。だけど、小学校に入る頃には症状ははっきりわかるようになっていた。朗の体温は少し低いわけではなく、何年も時間をかけて、でも確実に下がり続けていくのだと。急激に下がってしまうことはないようだから、最初は普通に生活していくうえでは何も問題ないように思った。だけど医者に言われたんだ。このまま体温が下がり続ければ、あの子は成人になる前に命を落とすと」

朗のお父さんはそこで一旦話すのをやめ、深く息を吐いた。数度、呼吸を繰り返して、そうすることで心を落ち着かせているみたいに見えた。

「わたしは会社を経営しているんだけど、いつか自分の子どもに跡を継がせるのが夢だったんだ。朗は、なかなか子どもに恵まれなかったわたしたち夫婦に唯一できた息子で、あの子が生まれたときから、あの子が大きくなったら会社を譲ろうと決めていた。なのに、はたちまで生きられないと言われて」

　どうしたらいいかわからなかったと、朗のお父さんは呟いた。

　わたしは身動きひとつとらずにそれを聞いていた。握り締めた手のひらに食い込んだ爪が痛かった。

「だから、なんとしてでも治そうと思い、様々な病院や研究機関を使って治療法を探し続けてきた。学校にも行かせず、最先端の医療技術が集まる病院で何年もかけて原因を探った。金に糸目はつけずできることはすべてやったよ。だけど結局、原因も有効な治療法は見つからないまま。今はもう、一日でも長く生きてくれと祈ることしかできない」

　わたしは、朗が言っていた言葉を思い出していた。

　終わらないものなんてないんだと、朗は、なかなか海に着かないことを嘆いていたわたしにそう言った。だけどあの言葉は本当は、この旅路のことを言っていたわけじゃなかった。短い旅と同じように、いつか必ず終わるものを、朗はずっと知っていたんだ。

「あの子の体には限界が来ている。数日前から意識障害や呼吸循環障害を繰り返していていつ心臓が止まってもおかしくはない状態なんだ。今あの子の体は人形のように冷たい。本当ならもう、まともに生きていられるような体温じゃないんだよ」

朗のお父さんが軽く首を振る。

「わたしはもうあの子に会社を継がせようなんて思っていない。それはとうに諦めている。だから今は、悲しいほど短いあの子の人生を少しでも長く続けさせてあげようと、そう思っているだけなのに、なぜ、朗はこんな無茶なことを。体のことは、あの子自身が一番よくわかっているはずなのに」

うなだれた、その姿を見ながら、彼はわたしを責めないと言ったけれど、本当は大声を上げてたくさん罵りたいのだろうと思った。おまえが連れ出したせいだって、おまえのせいで朗の命が縮んだらって、胸倉掴んで怒鳴りたいはずだ。そうでなければやるせない。朗がお父さんのもとを離れたこの二日間は、お父さんのこれまでの何年もの思いをすべて無駄にするような二日間だったのだから。

どれだけ彼が今まで朗のために尽くしてきたか、出会ったばかりのわたしには到底理解ができないだろう。悲しんで苦しんで、大切にして愛おしんで、限られた命が少しでも長く続くようにと願い朗のそばに居続けた人。

きっと、朗のお父さんは、朗のことを心から愛してる。

「朗の、ことを、わたしは知りません」

握り締めた指先は、血の気が引いて恐ろしいほど冷えていた。朗の手はいつだってこれくらい冷たかった。

わたしは一度目を閉じた。暗闇の中浮かんできたのは、他でもない、きみの笑った顔だけだった。この二日間、とても短い間だったけど、その間ずっと見ていたから、もう忘れるほうが難しいくらいだ。

目を開けるときみはいない。恐かった。だってもしかしたらもう二度と会えないかもしれない。それでも今はくちびるを噛み締めてでも泣かないし、諦めたくない。だって、まだ終わりじゃない。

「朗のことを、わたしは知らないけど、朗がどうして無茶をしてまで海に行こうとしたのかはわかります。朗はたぶん、生きてみたかったんです。生きるってのは、長さのことじゃなくて、いろんなものを見たり知ったり感じたり、そういう経験をしたかったんじゃないかなって」

屋上でわたしが出会った朗は空っぽだった。いろんなものをなくして空っぽになったわたしとは違って、朗の中には最初から何ひとつ入っていなかった。自転車が動いただけで喜んで、何気ない町の景色を楽しんで。咲いている花を見つけて笑って、冷たいアイスを食べてみたくて、出会った人を、忘れたくなくて。

憧れたのは遠い海だった。どれだけ無謀な旅でも、自分ひとりではできない代わりにわたしの手を掴んで、ふたりで一緒にそこを目指した。見たかったんだ、きっと最後に。たとえ残りの時間が短くなるのだとしても、最後に思うままに生きてみたくて飛び出さずにはいられなかった。

朗が小さな頃からどんなふうに過ごしてきたかをわたしは知らない。だけどこの二日間の朗の姿は誰より近くで見てきた。後悔なんてどこにもなかった。朗はきちんとわかっていたんだ。生きること。それが、どれだけ長く心臓を動かし呼吸をしていられるかじゃなくて、二度と取り戻すことのできない今を、どれだけ宝物にできるかということなんだって。きらきらと輝いた、ずっと忘れられない出来事に。

「朗のお父さん。あなたは朗のためにと思って、ずっと朗を大事に大事にしてきたのかもしれないけれど、朗は、そんなことを望んでいたんじゃない」

呼吸をして、脈を打って、体温のめぐるその体で。誰かを傷つけてでも自分のために生きようとしていた朗のあの笑顔を、わたしはずっと、守りたいと思ったんだ。

きみの願いを叶えてあげたかった。

「わたしは朗を海に連れていきたかった。最初は朗が見たいって言ったからだけど、途中からは、わたしが朗に海を見せてあげたかったから。だからここまで来たんです」

朗がわたしに託した願いは、いつの間にかわたしの願いにもなっていた。道が途切れた今になっても、わたしは朗とふたりで青い海を目指すことだけ願っている。

朗がわたしのためにいるのなら、わたしも朗のためのわたしでありたい。きみがわたしの手を掴んでくれるなら、わたしはきっと、まだどこまででも行ける。

「その気持ちは今も変わっていません。わたしは朗と海に行きたい。朗のお父さんのお話を聞いてもその気持ちは変わりません。もう、行けないんだとしても。朗と一緒に朗の望む場所へ行きたいと思う気持ちは、ずっと、変わらない」

真っ直ぐ目を見て告げたことを、朗のお父さんは、くちびるをきつく結んだままで聞いていた。

だけど、ひとつため息を吐くと、視線を逸らしてささやくような声で言った。

「あの子は今、病院で静かに眠っている。今回はなんとか助かったが、いつそのまま目を覚まさなくなってもおかしくない状態なんだ。大人しく寝ていればこんなふうに苦しまずに済んだのに。わたしには、あの子が何を考えているのかわからないよ。でも、夏海さん、あなたにはわかるのだろうか」

絞り出された掠れた声に、わたしは答えることができなかった。もう一度合った視線がとても柔らかいのに気づいて、やっぱり朗と似ているなとどうでもいいことを思った。

時計の針はきりのいい時間を指している。朗のお父さんが静かに腰を上げて、わたしを見ないまま「あなたと話ができてよかった」と言った。

「あの」

そのままドアノブに手をかけようとする背中を、咄嗟に呼び止める。

「わたしのこと、恨んでますか?」

もしかしたらわたしと一緒にいたせいで朗は今日死んでいたかもしれない。わたしと出会わなかったなら、より長く生きていられるかもしれない。わたしが途切れた道の上で感じた恐怖と同じものを、朗のお父さんは長い間常に抱き続けてきたんだ。

「どうかな。責めるつもりはないと言ったけど。そうだね、たぶんどこかでは、その思いもあるんだろう」

静かな動作で二度瞬きをしたあと、朗のお父さんはゆるりと朗に似たしぐさで微笑んだ。

「だけど、あの子に普通の生活をさせてあげたいって思っていたのはわたしも同じなんだよ。あの子はあまり言わなかったけれど、外に出てやりたいことがたくさんあるのも知っていた。だから本当は好きなことをなんでもさせてあげたかった」

泣くのかと思った。けれど朗のお父さんはほんの少しだって涙は浮かべなかった。

「さようなら、夏海さん」

そして深く頭を下げて、朗のお父さんは部屋を出ていった。わたしはしばらく動けないまま、閉じたドアをじっと見ていた。

なんだろう。

言いようのない思いがぐるぐる頭の中をめぐっている。

「夏海ちゃん、大丈夫？」

ノックのあと、開いたドアの隙間から後藤さんが顔を覗かせわたしを呼んだ。部屋から出て廊下を見渡したけれど、もうそこに朗のお父さんはいなかった。目の前の窓の向こうでは、まだ、真夏の夜の雨が降り続いている。

朗。

本当は何が、きみのためになるんだろう。

やまない雨はないように。

晴れ続ける、空もない。

家族

朗のお父さんが帰ってからどれくらいの時間が過ぎただろう。雨はまだ降り続いていたけれど、時計の短針は随分進み、もうすぐ一番上を指そうというところだった。仮眠室を貸してくれると後藤さんは言っていたけれど、眠る気分にもなれず、邪魔にはならないということだったから最初に案内された小部屋にいた。

建物の中にはまだ働いている人もいるんだろうけれど、個室の周りは人気がなく、しんと静まり返っている。雨の音だけがする。

ふたつの椅子をくっつけて、その上に仰向けになった。昨日からの疲れが一気に押し寄せてきたように体中がだるかった。何もしたくない。考えることどころか呼吸をすることさえ億劫だ。目を瞑れば、そのまま、何も映らないまぶたの裏のように全部消えてしまえばいいのに。

明日なんて来なければいい。夜なんて、明けなければいい。

目の前の蛍光灯が眩しくて思わず目を細めた。でも、昼間の太陽はもっと眩しかった。おまけに熱くてすごく遠いのに手が届くほど近くにあるんじゃないかと思った。だけど遠くて、あたりまえだけど、手を伸ばしたところで届かない。

指の隙間から洩れた光は、手のひらでは掴めない。

いつだってすり抜けて、空っぽだけが、残っている。


しばらくの間目を閉じていた。でも眠っていたわけではなかった。

だから近づいてくる足音にはすぐに気づいた。後藤さんだろうなとは思ったけれど、後藤さんひとりの足音ではないようだった。

「あれ、夏海ちゃん？」

ドアを開けた後藤さんが言う。体を起こすと「あ、いたいた」と陽気に笑った。

「夏海ちゃん、もう帰れるよ」

「え？」

「迎えに来てくれたから」

そう言う後藤さんの後ろに見えた姿に、わたしはあまりにも驚いて、呼ぶまでに少し時間がかかった。

「お父さん」

開いた入口の向こうからお父さんはわたしを見て、それから隣の後藤さんに深く頭を下げていた。

「娘がお世話になりました。ご迷惑おかけいたしました」

「いえいえ、とんでもない。夏海ちゃん、お父さんが来てくれたからもう帰ってもいいからね」

にこにこしながら言う後藤さんに返事はできなかった。

お父さんはいつものスーツ姿。たぶん、仕事を終えてそのままここまでやって来たんだろう。

「どうして、来たの」

思わず聞いていた。

仕事があるから来るのは明日だと聞いていたし、そもそも明日だって仕事があるんだから他の誰かに任せると思っていた。お父さんが自分でわたしのためにここまで来るとは思わなかった。

「呼ばれたんだ、あたりまえだろう」

呟いて、お父さんがわたしに向かい手を伸ばす。反射的に体を強張らせギュッと目を瞑ったけれど、頭の上に感じたのは、温かな手のひらの感触だけ。

「帰るぞ、夏海」

目を開ければ、わたしを見下ろすお父さんがいる。それはいつもと同じ、笑いかけることもない、何を考えているのかわからない、感情の見えない無表情だったけれど、わたしに触れる手は温かくて、わたしの名前を呼ぶ声もどこか優しげに響くから。

「うん」

なんだか無性に、泣きたくなった。


帰りの車の中、助手席に座りながらずっと窓の向こうを眺めていた。街灯の少ない道はほとんど何も見えないけれど、この道は朗とふたりで進んできた道だろうかと、真っ暗闇を見ながら考えていた。

小さな段差で車が跳ねると、後部座席からガシャンと音が聞こえた。積んできた自転車の音だ。乗せるときに見た自転車は二日間乗り続けていたからかすっかりくたびれて、今まで以上に古びて見えた。砂埃だらけだしタイヤには泥もついていた。それでもずっとこの自転車で、無茶な道のりを進んだのだ。

この時間だからか擦れ違う車は少ない。ラジオをかけることもなく、車内にはエンジン音だけが響いている。静かだった。真夜中だなと、ふいに思った。

「悪かったな」

その声に振り返る。お父さんは、正面だけを向いていた。

「夏休みだから、友達のところにでも泊まりに行ってるんだと思ってたんだ。だから連絡したら、鬱陶しいだろうと思ってた」

昨日の夜電源を切っていたスマホは、朝になって起動させても着信を知らせることはなかった。やっぱりだと、驚きもしなかった。わたしがいなくなったって連絡も寄こさない。いないことに気づきもしていないかもしれない。

いつだってそうだ。お父さんはわたしのことなんてどうでもよくて、少しだって見ようとしない。そうなんだと、思っていた。

「わたしのほうこそ、ごめん。怒ってるでしょ、警察のお世話になんかなって、こんな時間に迎えに来させて」

お父さんの横顔から目を逸らして、膝の上で組んだ両手を見下ろした。家を出る前よりも、少し日に焼けた手。

「いいんだ、別に。連絡を受けたときは驚いたけど、悪いことをしたわけじゃないって警察の方が言っていたから」

「警察の方って、後藤さん？」

「後藤さん」

「いい人だよね、あの人」

「心配になるくらいにな」

お父さんが答える。わたしはもう一度顔を上げて、お父さんの顔を覗いた。こうして話をすることは久しぶりだった。思えばしっかり顔を見合わせることすらいつ以来かわからない。お父さんはわたしを見てくれていないと思って、わたしもずっとお父さんのことを見ていなかった。そんなことに今頃気づく。

車は街灯のない道をゆっくりと進む。

お父さんが、わたしのことをどこまで聞いたのかわからない。だけどお父さんはわたしには何も聞かないままで、いつもの淡々とした調子で「大丈夫」と言った。

「……大丈夫って？」

「今日と昨日のおまえがしたことだ」

「たくさんの人に迷惑かけて、馬鹿なことしたのに？」

「それでも夏海は、自分のしたいことをしただけなんだろう。ならいいんだ、大丈夫」

「……」

「夏海、頑張ったな」

その言葉を、聞いた途端。ぶわっと視界が滲んで慌てて顔を伏せた。

頑張った。頑張ったけど、それを誰かに言ってもらえると思わなかった。

頑張ったんだ、ここまで。一生懸命前に進んだ。

「父さんはなかなか夏海のために時間を割いてやれないから、せめておまえがやりたいと思うことは口出しせず見守ってやりたいんだ。だからおまえは自分が思うことを好きなようにすればいい。危ないことじゃなければ、ちょっとくらい、人に迷惑かけたっていいから」

「……迷惑はかけちゃだめでしょ」

「そうかな。少しならいいだろ」

お父さんの声を出さずに笑う。手の甲に、大きな滴がぽたぽた落ちる。

気づいていなかった。誰も自分を必要としてくれない、愛してくれないとばかり思って、わたしはいつだって自分から相手と向き合おうとはしなかった。なくすのが怖くて、いろんなものから目を背けて。何もないところだけを見て自分は空っぽなんだって思い続けていた。

手を伸ばせばよかったんだ。声を上げればよかった。そうしたらすぐに気づけたのに。本当はいつだって、欲しいものは全部そばにあった。

「お父さん、わかりにくすぎるよそれ。ほぼ放ってるようなもんじゃん」

「そんなつもりはないんだけどなあ。子育てってのは難しいからな、何年たってもコツが掴めないんだよ」

本当に困ったようにお父さんが言うから、わたしはつい笑ってしまう。そして、濡れた手の甲で両目をごしごし擦って、勢いよく鼻をすすった。

「知ってるよ、苦手なの」

「なんだ、バレてたのか」

「そりゃね、見ていれば」

「まいったな。情けない」

「何を今さら。もう十分、ずっと前から知ってたよ」

たったふたりの家族として、ずっと長い間一緒に生きてきたんだから。わかってる、それくらい。

そしてこれからも、きっと一緒だ。

「そういえば夏海、昨日誕生日だったな。おめでとう」

「ありがとう、大人になったよわたし。ていうか、覚えてたんだ？」

「あたりまえだろ、ひとり娘の誕生日だ。十六なんてまだまだ子どもだけどな」

「そうだね。子どもだ」


ねえ、朗。

もしもきみに出会わなければ、わたしは今ここにはいない。大切なものに気づかないまま、自分のことしか考えられずに、わたしたちが出会ったあの場所で何もかもを捨てていた。

だけどきみがいたから、わたしは今、生きている。

きみがいなければ、こんなふうに大切なものに気づくこともできなかった。

ねえ、きみは今どこにいる？

わたしはここにいる。
朗、わたしは今、どうしようもなく。
きみに、会いたい。

夏の青に

　その日は、家に帰るとお風呂にも入らずベッドに倒れた。警察署にいるときはあれだけ眠る気になれなかったのに、慣れ親しんだ家の匂いを嗅いだ途端、急に眠気が襲ってきて、わたしは死んだように眠り続けた。

　朝、カーテンを閉めていなかったせいで窓から差し込んだ光の眩しさに目を覚ました。ベッドの脇に転がっていたスマホを見ると十一時過ぎと画面に出ている。

　伸びをしながら体を起こし窓の外に目を向けた。夜のうちに雨はやんだみたいで空はどこまでも晴れ渡っている。きっと今日も、何もしないでも汗ばむような陽気なんだろう。雲ひとつない、まるで澄んだ海の中のような、目も眩むほどの青空だ。

　部屋から出ると、まずシャワーを浴びて、それから朝ごはん兼昼ごはんとして、食パンを焼いた。それを食べながらなんの気なしに見た庭に、お父さんが下ろしておいてくれたらしい自転車がいつもの定位置に置かれていた。

　食パンの最後のひと欠片を冷たいミルクティーで喉の奥に流し込む。そして立ち上がり、新品の雑巾を一枚持って庭に出た。

　水道の蛇口にホースを取りつけて躊躇うことなく全開の水圧で自転車に水をかけた。

砂埃まみれだった自転車が少しずつ本来の色に戻っていく。赤いフレーム、シルバーと黒の車輪、茶色いハンドルと同じ色のサドル。

ひととおり汚れが落ちたところで、今度は一粒の水滴も残さないように拭いた。洗って拭いてもどうにもならない錆や傷もたくさんある。そんな場所も、丁寧に全部掃除した。

そうして夢中になって拭いていたら、リビングから物音がして、振り返ると、開けっ放しだった掃き出し窓の向こうにお父さんがいたから驚いた。

「え、お父さん？」

「ああ、夏海、おはよう」

大きなあくびをしながら、お父さんはのそりとリビングのソファに腰かける。あきらかに寝起きだった。もちろんスーツも着ていない。

「時計を見て驚いた、こんな時間まで寝たのは久しぶりだな」

「あたりまえだよ。ていうか、仕事は？」

「あったけど、休んだ」

「休んだって」

「昨日は帰ってくるのが遅かったしな、こんなきっかけでもないと休むことなんてないし、いいかと思って」

「いいの？」

おそるおそる訊ねると、お父さんが眉を寄せた。

「安心しろ、有休だから」

「いやいや、そういうこと心配してるんじゃなくてさ」

誰が見ても納得するほどの仕事人間のお父さんは、いつだって仕事が最優先で、休みに仕事をすることはあっても仕事がある日に休むことはなかった。

「まあな、なかなか休むタイミングってのがわからなかったから、今日はちょうどいいきっかけになった」

言いながら、だらしないあくびをする。

「きっかけなんて、探してたの？　休めって言ったって休まないものだと思ってた」

「仕事はたくさんしなきゃと思ってるよ。おまえをちゃんと大学まで出してやりたいし、やりたいことはさせてやりたいから。母親がいない代わりに、経済的なところでは苦労かけたくないしな。だから働けるうちにたくさん働かなきゃいけないだろ。でもたまにはな、いいと思って」

「はあ、そうだったんだ」

眠そうに目を擦るお父さんになんだか力が抜けて、嬉しいよりもむしろ呆れた。不器用すぎる。お父さんがこんなふうにわたしのことを考えていてくれたこと、わたしが何ひとつ気づけなかったくらいに。

「お父さん、ありがと」

「娘はそのうち嫁に行くからなあ。今しかしてやれることはないだろ。寂しいけど」

「何それ、嫁とか、まだまだ先の話でしょ」

「そう言ってたらあっという間にいなくなるんだって、この間社長が言ってた」

「あはは、でもわたし、そんな先のこと、まだ考えられないよ」

自転車を見下ろす。蝉の声が近くで聞こえる。

夏はまだ続いている。

今しかない、今の夏。

「その自転車もだいぶ汚れたな」

お父さんがぽつりと呟く。

「いつから使ってた?」

「えっと、中一のときからかな。中学校に上がるときに買ってくれたじゃん」

「毎日乗ってるしなあ。掃除するくらいなら、新しいのを買ってやろうか」

その言葉に、わたしはしばらく考えたあと、なんとなく、笑って答えた。

「ううん、いいよ。まだ乗れるから」

ぽんぽんとサドルをたたく。

そう、この自転車は、まだ前へ進める。

「そうか、ならいいんだ」

お父さんが立ち上がる。昼ごはんでも食べようとしているんだろう。

「お父さん」

「ん？」

呼び止めて、不思議そうに振り返ったお父さんから、わたしは高い空に目を移した。

夏の濃い青空は、海の色に似ていた。

遥か彼方まで続く、近くて遠い、夢のような景色。

「お願いが、あるんだ」


本当は何が、きみのためになるんだろう。

考えてみたけれどわからなかった。だからもう、考えるのはやめた。

きみのためじゃなく、わたしがわたしの思うようにやりたいことをやろうと思うんだ。

ねえ、もしもきみが、まだわたしに手を伸ばしてくれるのなら、わたしは今度こそその手を掴んで絶対に離さないと誓うよ。

そしてきみの願いを叶えるんだ。

だから、ねえ、朗。
少しだけわたしに、ひとりでも前へ進む、勇気をちょうだい。

もう一度

冷房の効いた車の中。わたしはお父さんとふたり、昨日帰ってきた道を進んでいた。太陽はゆっくり高度を下げていく。家を出てからもう数時間が過ぎていた。

わたしは、必要ないのに、昨日までと同じに制服を着ていた。なんとなくこの格好で行きたかった。

「お父さん、ごめんね。せっかく休んだのにまたこんな長旅させちゃって」

「いいんだ別に。たまにはこういう休みもいいだろ」

窓の外の街並みは、とっくに知らないものになっている。でも、確かに昨日通ったことがあるような、見覚えのある道のりだ。山間の道を抜け、田んぼだらけの線路の横の道を過ぎ、小さな駅を通り過ぎて、それから少しずつ開けた町へ。じっと窓の外に目を凝らす。そうだ、この辺り、見覚えがある。

「お父さん、この辺りでいいよ。降ろして」

近くにあったコンビニの駐車場に車を入れて積んでいた自転車を下ろした。心持ち綺麗になった自転車にまたがり、軽くペダルを踏むと、ひとり分しかない重さがなんだか物足りなく思えた。今は後ろには誰もいない。わたしひとりだ。

「夏海」

振り返る。お父さんがおでこの汗を拭いながら笑っていた。

「後悔するなってのは、なかなか難しい話だけど、後悔しないために何かをすることは、意外と簡単にできる」

お父さんの手がわたしの頭を撫でる。

「夏海、おまえはおまえの思うことをやればいい」

滅多に見ない笑顔と、手のひらの温かさに、そうか、これが愛情なんだと気づいた。

「頑張れよ」

離れていく手のひら。でも、確かに残っているぬくもり。

「行ってくるね。お父さん」

誰かのための、自分になりたかった。

だからこそきみがわたしを求めてくれたあのとき、わたしはきみの手を払うことをしなかったんだろう。必要だと言ってくれた、誰にも必要とされなかったわたしに。

本当はそれがとても嬉しかった。

だけどいつの間にかきみのためにやっていたことが自分のためになっている。自分勝手なんだ、わたしはいつだって。そんなことわかってる。だからその代わりに、自転車のペダルを強く踏んで、速く走って、風にだって逆らって、わたしは今からきみを迎えに行く。

きみの想いと一緒にきみが夢に見ていたあの場所を目指すから。

待ってて、すぐに行く。

わたしが追いついたら、もう一度、昨日の続きを始めよう。

今度こそ辿り着くよ。

たとえきみが、来なくても。


太陽は、少し見上げれば目に映る位置にまで落ちてきていた。あんなに熱かった空気も心なしか涼しくなった気がする。

腰を浮かして全体重をペダルにかける。ぐんと車輪は加速して、一層速く前へ進む。だけど、もっともっと。その気持ちだけでわたしは足を強く踏み込む。心臓はドクドク鼓動を刻み、肺は今にも破れそうだった。治り切っていない筋肉痛が動くたびに痛んだ。それでも休んでいる暇なんてない。早く前へ進みたい。

浴衣姿の人を何人か見かけた。今日は近くでお祭りでもあるのかもしれない。

まわりの景色には見覚えがあった。昨日のことだから鮮明に覚えている。そうだ、このファミレスの辺り。海に着いたらどうしようかって、そんなことを朗と話していた。

もうすぐ、あと少しだ。

朗が倒れたあの場所まで。

近づくたびに心臓が痛くなる。自転車を漕いでいるせいじゃない、もっと別の理由で。だけどスピードは緩めない。もう一度始めると決めたからもう前しか向かない、ゴールに着くまでは。きみと、海に行くまでは。

——驚いた。けれどそれは、とてもあたりまえのことのようにも思った。

ずっとペダルを踏んでいた足が止まって、車輪は空回りしながら、そこへ近づいていた。

そこは昨日朗が倒れた場所だ。わたしが自転車を止めて、わたしたちの旅が終わった場所。よく覚えている。

ただ、笑っているきみがいることだけが、昨日とはまったく違った。

体の真ん中から熱が湧き上がってくる。泣きそうになった。それよりも叫び出したかった。夢かな。夢じゃない。まぶたの裏に浮かべていた思い出した笑顔でもない。

確かに今ここにいる、きみの姿が目の前にある。

「遅いぞ、夏海」

分厚いカーディガンも、真っ白な肌も、涼しげな笑顔も、真夏には少しも似合わなかった。沈んできてはいてもまだ容赦なく照りつけている夏の太陽の下で、きみだけは冬の澄んだ空気みたいに透明だった。

少し手前で自転車を止めると、朗はゆっくり向かって来た。

差し出された右の手のひら。わたしはそこに、自分の手を重ねる。

「朗」

「待ってた」

朗の手は冷たかった。白くて雪みたいだった。溶けて、消えたりしないように、ぎゅっときつくそれを握った。足りない温かさはわたしの熱をあげればいい。

「おまたせ。迎えに来たよ。乗る？」

「うん」

サドルの後ろにひとり分の重みが増える。ふたりを背負った自転車は思うようには進まないけれど、きっとゴールまでわたしたちを運んでくれる。

「夏海、もうすぐ海に着くかな」

朗が言う。

「うん、あとちょっと」

強くペダルを踏み込む。徐々に動き出す車輪。少しずつ近づく、わたしたちの目指す場所。

もう一度始めよう。そして今度こそふたりで一緒に見るんだ。

きみとわたしが目指した青い海は、もうすぐそこにある。

第五章

一瞬の永遠を、きみと

早く消えてほしいものはいつまでだって消えないのに、永遠に続いてと願うものは、あっという間に手のひらから零れてしまう。

笑ってばかりはいられない。泣けないくらい、悲しいこともある。

それでも、たやすく明けてしまう夜の向こうへわたしたちは行かなきゃいけないから、泣きながらでも前へ進むしかない。苦しくても、目の前が滲んで見えなくても。

昇る太陽を目印にして前へ進むしかないんだ。

きっとそこに、まだ知らない希望があると、信じて。


海へ続く道は、傾斜の緩い上り坂になっている。そこをてっぺんまで上りきって、それから一気に下れば、もう目の前が海だ。

太陽は大きく、白からオレンジに色を変えていた。もうすぐ日が暮れる。夏の長い昼の終わりだ。夕暮れから、そして夜になる。

見た目では坂道とわからないくらいの緩い坂なのに、平坦を進んでいるときとはペダルの重さが全然違った。それでも前に進むため強く踏み込む。前へ、前へ。その思いだけで、もう止まることはないと思った。

ふいに、スマホから音が鳴る。電話じゃなくてメールの音だ。

「朗、ちょっと取って」

「まかせろ」

朗が慣れたようにわたしのスカートからスマホを取り出した。

「メールだって」

「誰から？」

「トオル」

知らないくせに、まるで友達の名前でも呼んでるみたいに朗が言うから、なんだかおかしくて少し笑えた。

「かわいそうだな。昨日夏海が電話を無視したせいで、今日はわざわざメールしてきてる」

「うるさいなあ。で、なんだって？」

「やっぱりやり直したいから、もう一度会えないかな、だって」

「へえ」

なんだよ、確か最初に別れを切り出したのは向こうだったはずなのに。今さらやっぱりやり直したい、なんて。

「返事は、どうする？」

「うーん、そうだなあ」

トオルの笑った顔を思い出そうとしたけれど、うまく浮かんでこなかった。あんなにも好きで、忘れたくて、でも忘れられなかったのに。

「朗はどう思う？」

「どうって、それは、夏海の思うようにすればいいけど。会うのも、会わないのも、やり直すのも」

「まあそうだよね」

「でも」

朗がこてんと背中にもたれた。少し熱をもった背中に、冷たい朗のおでこは心地良い。

「おれといる間は、返事はしないでほしい」

小さな声だ。それに昨日の神社でくれたようなストレートな言葉でもない。でも、十分だ。

「わかった。スマホはそのままましまって」

「でも、かわいそうだからきちんと返事はしろよ。二回も無視するのはひどいことだぞ」

「わかってるよ。何、なんかすごいトオルの肩持つね」

「トオルも夏海にたくさん怒られたんだろうなと思ったら、他人とは思えなくて」

「朗ほどトオルには怒ってなかったよ。トオルはそんなに怒るところなかったし」

「おれも、そんなにないけどな」

「よく言うよ」

笑った。それからこんな自分に驚いた。こんなにも、楽な気持ちでトオルの名前を口にできるようになるとは思わなかったから、思い浮かべただけで苦しくなったこの名前を、どこにもつかえることなくまた呼べたことを嬉しく思う。ただそれは、いつかトオルが隣にいた頃の呼び方とは違うけれど。

あのときの熱は、もう違う名前にしか帯びない。

「そういえば朗、どうやってあの場所まで来たの」

海岸の名前がついた看板を見つけた。あと一キロと書いてある。

「父さんが連れてきてくれたんだ」

「え、父さんって、朗のお父さん?」

「うん。お願いして、病院から送ってもらった」

驚いた。まさか朗のお父さんが朗をここへ連れてくるだなんて。

「気づかなかった?　すぐ近くにいたんだよ」

「……全然わかんなかった」

「ずっとおれたちのこと見てたと思う。たぶんびっくりしただろうな、本当に夏海が来たから」

そうなんだ。なんて言うか、気づかなくて、よかったかも。

朗のお父さんとは、昨日は言い合うような形になってしまったし、正直顔は合わせづらい。たぶん会っていたら、昨日頑張った分、今日は一目散に朗を連れて逃げていたかもしれない。

でも、そうか。朗のお父さんが、朗をここへ連れてきてくれたんだ。

「父さん、夏海に会いに行ったんだってな」

「うん。会ったよ。ぶん殴られるかと思ったけど、大丈夫だった」

「父さんはそんなことしないよ、たぶん」

「でもよく連れてきてくれたね。昨日会ったときは、とてもじゃないけどそんなことはしそうになかった」

「おれもそう思ってたよ。でも朝早く、目が覚めて、一度死にかけたみたいで生きてたはいいけど体中がだるくて。そうやってベッドで寝たままだったおれに、父さんが言ったんだ。『海に行きたいか』って」

蝉の声は少しずつ数を減らしていた。吹く風は生温くも清々しい。夜の気配がする。

「驚いた。父さんがそんなことを聞くなんて思わなかったから。でもおれはすぐに返事をした。『行きたい』って。夏海が迎えに来てくれなくてももう一度あの場所から始めたいと思った。だけどどこかで信じてたんだ、絶対に、夏海は来るだろうって」

ペダルがわずかに軽くなった気がした。少し踏みつけると、今度は漕がなくても車輪が勝手に回るようになる。

坂道の頂上を過ぎたのだ。

「夏海が来てくれてよかった。おれは、夏海がいないとだめなんだ」

そしてここからが、最後の下り坂。

狭い道の両脇に並ぶ木が、自然の屋根みたいに、空をふさいでいた。急になる下りの先も、緑のそれに覆われて、向こうを見渡すことはまだできない。

だけど感じる、海の風。

ペダルに足を乗せているだけで自転車は前に進んだ。それでもわたしはペダルを踏んだ。今まで一番速く風を切り、細く長い坂を下っていく。速く回りすぎて、車輪が壊れてしまうんじゃないかと思った。でもブレーキはかけない。転んだっていい、自転車が壊れたっていい。もしも転んだらきみだけは助けて、もしも自転車が壊れたら、きみの手を取って連れていけばいいだけだから。

髪は後ろに流れて、それを避けるように朗がわたしの肩に頬を寄せる。落ちないように、冷たい腕をお腹に回し、風船のように膨らむわたしの薄いシャツを胸で潰した。

地平線に、目を凝らす。

ざあっと強い風が吹く。

一気に晴れた、緑のその先。

赤い太陽に照らされて、オレンジに染まる空の中で。

突然現れる、深い深い、青の色。

「朗、海だよ！」

そして、より一層強く、ペダルを踏んだ。


夕暮れどきの海辺は思った以上に涼しくて、冷房の効いた部屋の中よりもよっぽど快適だった。

潮の香り、波の音。独特の空気が体中を包み込む。

海は、夕日のオレンジと、空の濃い青を映し出していた。水平線まで見渡せた。わたしたちは防波堤の上に立ったまま、じっと海を見ていた。

「海だ、夏海」

「うん」

「本当に、大きいんだな」

「そうだね」

暗くなる景色の中で、砂浜だけが今もまだ白くぽっかりと浮かび上がっていた。

「海だ」

朗が、もう一度呟いた。

左手を朗の右手が包む。ぎゅっと握るその手が少し震えているのに気づいたから、わたしはできるだけきつく握り返した。

ローファーと靴下を脱いでから降りた砂浜は、すっかり真夏の熱が冷えてひんやりとしていた。足の裏は時々貝がらを踏んだ。少しずつ湿っていく砂の上は、歩くたびにしくしく音を立てた。

波打ち際は数歩先にある。砂浜の色が変わっているぎりぎりのところにしゃがんで砂の上に手を置いた。引いていた波が、粟立ちながら戻ってきて、わたしたちの手のひらを撫でてまた引いていった。

朗が、少し息を止めて、それからゆっくり吐いていた。寄せる波がまた手を包む。柔らかかった。ずっと、波の音がしていた。

それから、波打ち際から離れたところに並んで座った。いつの間にかすっかり暗くなっていて、青かった空には星が少しずつ浮かび始めていた。

浜辺には、わたしたち以外の人はいなかった。近くでお祭りがあるみたいだからみんなそっちに行っているのかもしれない。海岸を見渡す限り、ひと気はなかった。

「ありがとう、夏海」

ふいに朗が言った。わたしが振り向くと、朗もわたしを見た。

「本当に海を見られるなんて思ってなかった。夢みたいだよ。全部、夏海のおかげだ」

「そんなこと、ないよ」

「あるだろ。夏海は頑張った。ありがとう」

朗が小さく笑う。本当に、そんなことないのに。たかが海まで一緒に来るくらいなんだって言うんだ。そんなの簡単だし、見たいって言うならいくらだってわたしはきみを連れてここまで来よう。

きみがわたしにくれたものを思えば、それくらい、なんてことはない。

「父さんが、夏海におれのことを話したって言ってた」

表情を変えないままで朗は言う。

「うん、聞いた。体のこと」

「悪かったな、言わなくて。隠そうと思ったわけじゃないんだけど、今は、言わなくてもいいかと思ってた」

「気にしてないよ。わたしもそう思ってた」

わたしたちは出会ったばかりで、お互いが知っていることよりも知らないことのほうがずっと多いし、それはたぶん話したって、伝わらないことばかりなんだ。だから今こんなにも、きみのそばにいたいと思う。隣にいて声を聞いて、ずっときみの姿を見ていたい。これまでの、わたしの知らない分まで、今のきみを知りたいと思う。

できるなら、長く。できる限り、ずっと。

「夏海、おれはね」

朗の視線が海に向いた。吹いた海風に、少しだけ寒そうに肩をすくめていた。

「小さい頃から学校に行かせてもらえなかったんだ。父さんはおれが治るって信じてたから、将来のためにって、お金を出してなんとか高校には入れてくれたけど。それも籍を置いていただけで、結局一日だって行けてない。ほんとは二年生の歳なのに、おれはまだ一年生のままだ」

朗が着ている制服のネクタイ。それはわたしのリボンと同じ一年生を表す緑色だ。

「朗って、わたしより年上だったんだ」

「センパイだな」

「見えないよ。年下って言われるならわかるけど」

「そんなはずない。ひどいな夏海」

口ではそう言いながら、顔では笑って。

朗は、小さく息を吐き出すと、言葉を続けた。

「でもな、おれは学校に行けなくてもよかったんだ。籍を置いているだけでも高校生であることは変わりないから、自分が高校生なんだって、そう思うだけで嬉しかった。おれの制服もあったし、教科書もカバンもあった。でも本当は、それだけじゃ足りなかったんだよな。これでいいんだって自分に言い聞かせてたんだと思う。だからおれはあの日、学校に話をしにいくって言った父さんに無理言ってついていったんだ。そうしておまえを見つけて、一緒に海に行こうって言った」

遠くで花火が上がる音が聞こえた。やっぱりどこかでお祭りをしているみたいだ。でもここからじゃ、花火は見えない

「おれは、死ぬのは怖くなかった。だってみんないつかは死ぬものだろう。いつ死ぬかわからないのなんてみんな同じなんだ。おれより元気な人がおれより早く突然死ぬことだってきっとあたりまえにある。死ぬのなんて遅いか早いかで、それを決められるのは自分じゃないから、いつ訪れるのかもわからない。言ってしまえば誰だって、常に終わりに直面してるんだ。別におれだけじゃない。誰だって、それは同じだ」

朗の瞳が瞬きをする。暗いのに、そのしぐさはやけに鮮明に見えていた。

「だけどおれは、みんなとは少しだけ違うところがあって。それだけが、心残りで。そう、このまま、何も知らないまま死んでしまうのだけは、少し悲しいなって、そう

思ってたんだ」

花火がまた上がる。いくつも上がる。遠くの空が少しだけ明るくなる。わたしたちの真上は、暗闇の、星空だ。

「でも変だな。不思議なんだ。何も知らないまま死にたくないと思っていたのに、いろんなことを知れた今になって、どうしてか少し、死ぬのが怖いよ」

朗が、もう一度わたしを見た。息を止めたのは、その顔がとても綺麗だったからだ。

手のひらが向けられた。その上に自分の手を重ねてぎゅっと握った。冷たい。でも温かい。この温度を忘れたくない。

ずっと、一緒にいたい。

「そんな顔をするな、夏海」

朗が困ったように笑う。

そんな顔ってどんな顔なのって、聞こうとしても声が出なかった。

でも、そうだ。たぶん、わたしは今。

今にも泣いてしまいそうな顔をしているに違いない。

「生きていたくなるだろ」

今のきみと、同じ顔だ。

「なら生きててよ」

華奢な肩を掴むと、朗の体はその勢いのままわたしの力に押し倒されて砂を舞い上げた。

「夏海、どうした?」

一瞬だけ顔を歪めた朗が、わたしの髪に手を伸ばす。

わたしは朗に覆い被さった状態で、朗はわたしの下で、わたしを見上げていた。真上には星空があって、後ろにはどこまでも続く広い海があるのに、そんな自然の光景には背を向けてわたしはきみだけを見ている。

これだけの景色の中、それでもわたしが一番に綺麗だと思うのはきみだった。

これから先、何が起きたって決して忘れたくないと思うくらい、きみだけが、綺麗に見えた。

灰色に濁ったわたしの世界を、一瞬で明るく彩ってしまうほどに。

「生きててよ、朗。ずっとわたしと一緒にいて」

自分勝手なわがままだってわかってる。昨日あれだけ朗のお父さんに言ったくせに、今はどうしても朗に長く生きていてほしいと願ってる。何をしてでも、生きていてほしい。そばにいてほしい。ずっと、一緒がいい。これで終わりなんかじゃなくて。

ねえ朗、本当なの。本当にもうすぐ死ぬの。

いなくなるの。

「悪いな。夏海の言うことは、なんでも聞いてあげたいけど」

今、そんなふうに困ったように笑ってくれるきみに、わたしはもう、会えなくなる。

「……なんで」

白い肌に涙が落ちた。わたしが落とした涙は、朗の目尻からゆっくり肌を伝って落ちていく。

「愛してくれるって言ったじゃん。わたしの生きる理由になるって言ったじゃん。死んだら全部消えるんでしょ。朗がどれだけ言葉で言ったことだって、朗が死んだらなんの意味もなくなるんだ。思いも一緒に消えちゃう。朗は、わたしに無責任にそんなことだけ言って、本当に朗をわたしの生きる理由にしておいて、全部忘れて、いなくなろうとしてる」

朗にとってあの言葉は、どれだけ何気ないことだったんだろう。それでもわたしにとってはあまりにも大きかった。そのひと言が、空っぽの体を埋め尽くすくらい、宝石みたいにきらめいてわたしの中の全部を埋めた。

あの日、きみに初めて出会った日。死のうとしていたわたしにきみが手を伸ばして、わたしがそれを掴んで。死んだつもりできみにあげた時間の中で、きみはわたしにもう一度、前を向く勇気をくれた。

きみがわたしにくれたものは、きみといる今だけじゃない。生きようと、思ったことで、この先も続く道が見えた。わたしがこれから歩く未来は、すべて、きみがくれたんだ。

「消えないで」

いかないで。ずっと一緒にいたい。未来まで。

きみがくれたわたしの未来まで。どうか、ふたりで。

「消えないよ。忘れもしない」

ぎゅっと、朗がわたしを抱き締める。

わたしの体が朗のに被さって、ふたつの心臓が隣り合って響く。

「忘れないよ、死んだくらいで、夏海のことを忘れたりしない」

「朗」

「あたりまえだろう。だって、海が遠いのも、夏が暑いのも、誰かを求めるのも、抱き合う温かさも。教えてくれたのは夏海だ。何も知らない空っぽだったおれに、夏海が全部教えてくれたんだ。おれの全部は、夏海でできてるんだよ」

耳元で聞こえる朗の声。それから、わたしの右胸で鳴るわたしのじゃない心臓。生きている証だ。今こんなにも、生きているのに。

「忘れられるわけないだろう」

かすかに緩んだ腕の力に、ほんの少しだけふたりの距離が開いた。少し苦しそうに、でもいつもみたいに柔らかく笑う顔が見えた。

朗の手が頬に触れる。強めに撫でるしぐさは、わたしがここにいることを確かめているみたいだった。

「もしも、夏海がおれを忘れても、おれがずっと覚えてる。だからおまえはこれから先も笑って生きていけばいい」

「やだよ。朗がいなきゃやだ。笑えない。一緒にいてよ。もう、ひとりになんてなりたくない」

涙が顔に落ちた。それが朗の頬を伝うから、まるで朗のほうが泣いているみたいだ。

「夏海」

「わたしひとりじゃ無理だよ」

「夏海、聞いて」

朗がもう一度わたしを抱き締める。顔を埋めた胸からは心臓の音が直接聞こえている。

それは確かに今、生きている、朗の小さな鼓動。

「夏海はきっとみんなに愛される。ひとりじゃない。おまえの周りにはおまえを愛してくれる人がたくさんいる。怖くないから、目を開けて、おまえの広い世界を見て。きっといつだってすぐそばに、愛せる人はいるはずだ。それを夏海はちゃんと知ってる」

髪を撫でる朗の手が、優しくて、温かくて。わたしは声も出せずに泣いた。分厚いカーディガンを握り締めて。

きみが、消えてしまわないように。

「だけど、もしもひとりだと思ってしまうことがあったらおれのことを思い出して。どれだけ寂しく思っても、夏海はひとりじゃないよ。おれがいる。おれがずっと、おまえのことを思ってる」

だから大丈夫。朗が、小さな声でそう言った。

わたしが何度も何度もきみに向かって言った言葉だ。だからそれがどれだけ根拠のないことかわかってる。大丈夫だなんて、適当なこと言って。

ずるいよ。わたしがそれを、信じるしかないって、わかって言っているんでしょう。

「朗」

「何？」

「わたしもだよ。ずっと、朗のこと、好きだよ」

きみが消えてしまっても。遠く、離れて、いつかわたしの手のひらが、きみのぬくもりを忘れても。

一番に、きみが好きだ。誰よりも、朗のことが好きだよ。

「夏海、こっち見て」

こつんと、おでことおでこを合わせた。鼻先が触れる。すぐそばに、きみがいる。

「笑って。おまえが笑うとおれは嬉しい」

わかったよ。きみが言うなら笑うよ。上手く笑えるかどうかはわからないけど。

きみが嬉しいと、わたしも嬉しいから。

「夏海」

朗は、わたしの名前をよく呼ぶ。

確かめるように、わたしのことを呼ぶ。

「夏海」

もっと呼んで。

刻みつけて。

きみの中にも、わたしの中にも。

忘れたりしないように。これから先の、きみの知らない未来まで、少しでも長くきみのことを抱き締めていけるように。

「おまえが明日を生きていると思うだけで、おれは、幸せだ」

そう、他には何も、いらないくらい。

「だから、生きて」


思いを預け合ったくちびるはひどく熱かった。

この熱も、忘れないでいてね。

確かに今、感じた熱を。たくさんの思いを。

きみが体温をなくしても、ずっと。


ねえ、朗。

わたしは笑うから、だからきみも笑って。綺麗なその顔を、わたしに見せてよ。

だって、わたしたちが一緒にいた時間はとてもとても短いから、少しでも多くきみのことをわたしの中に残したいんだ。

だから、ちょうだい。たくさんちょうだい。

できるだけ多くわたしに見せて。

きみを、きみのすべてを、
この目に焼きつけて、消さないための、今を——。

「またね」

藤原朗が死んだのは、それから二週間後のことだった。

長かった夏休みも明け、残暑が続きつつも、秋が見え隠れし始めた季節。わたしは少し涼しくなった風を浴びながら、あの日、朗と出会った屋上へ来ていた。

秋晴れの空は驚くほどに透き通っている。だけど、その青さはあのときと変わらなくて、胸の奥が苦しくなるから、わたしはぎゅっと目を瞑った。

朗の死は、朗のお父さんからの手紙で知った。

死ぬ前の三日間はほとんど意識もなくて、生きているかもわからないくらいだったけれど、最期の瞬間だけ、そっと微笑んだのだと、その手紙には書かれていた。

あの子の人生は、決していいものではなかった。

だけどきっと、あの子は、幸せに最期を迎えられたと、わたしは思っている。

それはすべて、あなたのおかげです。

ありがとう、夏海さん

飾り気のない白い便箋に書かれた達筆な文字。それを読んだときだけ、わたしは大声で泣いた。

わたしと朗が過ごしたのは、たった三日間のことだった。だけどその一瞬の出来事は、きっと、わたしたちの中で永遠に続いていく。

閉じていたまぶたを開ける。太陽が眩しくて、また閉じそうになったけれど、そこは我慢して目を開いた。立ち入り禁止の屋上に転落防止の柵はない。わたしは縁まで歩いていき、そこに足を置いた。真下は人通りのない細い通り。今も、相変わらず誰もいない。確か、ここから足を出そうとしたら、声がしたんだっけ。

『なあ』

もしももう一度、わたしがここから死のうとしたら、きみはわたしを呼んでくれるかな。そんなことあるわけないってわかっているけど、今もそんなことを期待する。

後ろに下がって、振り返った。わたしがいるここよりも少し高くなった、階段へ続く扉の上を見上げる。

あの日、朗がいた場所。

今日よりももっとずっと暑い日だった。だけどきみの周りだけは晴れた冬の日のように透明で、どこまでも澄んでいるように感じた。

あの日の景色が心をくすぐる。

きみの声が、耳元で響く。


『夏海』


今もまだ、きみがわたしを呼んでくれる気がして、どこかできみの声を探している。

だけど聞こえない。

朗はもう、どこにもいないから。

「…………」

目を伏せて、ため息を吐いた。わたしは一体何をしているんだろう。

戻ろう。

そう思って、足を踏み出した。だけどそのとき、ふと、何かを思って、階段へ続く扉へではなく、その扉のちょうど裏側にある場所へと足を向けた。そこには扉の上へ上るためのハシゴが付いていて、何を考えるでもなくそこに手をかけた。

上った先は、何もなかった。空が少しだけ、近く感じた。

反対の端へ歩いていって、あの日に朗がいた場所へと立つ。そして、そこにあった物に気づいた。

鉛色をした、おせんべいの入れ物みたいな平べったい缶だ。

〝夏海へ〟

缶の蓋には黒いマジックで、そう書かれていた。

見たことなんてないけどすぐにわかった。朗の字だ。

自分で来たのか、いや、たぶん誰かに頼んだのだろうけれど、あのあと朗は、わたしにこれを残し、この場所に置いた。

「……馬鹿なのかな」

こんなところに置いて、わたしが来なかったらどうするつもりだったんだろう。きっとそんなこと少しも考えていなかったに違いない。そして朗の思惑どおり、わたしはここに来てしまった。馬鹿なのは、きっとわたしのほうだ。

その缶は、数日前の雨に打たれたせいか少しだけ汚れてはいるけれど、まだ真新しかった。蓋を開けると、中には二枚の紙と、綺麗な色をした貝殻がひとつ入っていた。紙の片方は朗がずっと持っていた海への道を示した地図だ。それを缶の中に残したまま
もう一枚の紙を手に取った。それは、朗のお父さんがわたしによこした手紙と同じ便箋だった。

たたまれていたそれには整った文字で、わたしへの言葉が書かれていた。

夏海へ

夏海、おれを海に連れていってくれてありがとう。そのお礼をもう一度言いたくて、この手紙を残します。

海への地図は、もういらないけど、どうしても捨てられなかったからこの手紙と一緒に夏海に贈ることにしました。いらなかったら捨ててください。

あと、あの海で拾った貝も一緒に入れておきます。綺麗だったからつい拾ったんだけど、これは、まあ、なるべく大切にしてください。

なあ夏海、おまえは今、ちゃんと笑っているかな。ひとりになってはいないだろうか。おれはおまえにあんなことを言ったけど、でもやっぱり、少しだけ心配だ。

夏海は強がりなくせに、すぐぐずぐずして、どうでもいいことで悩んだりするだろう。夏海はすごく優しいから、その優しさをもう少し、自分にあげてもいいと思うよ。

おまえはおれと違って、これから先も生きていかなくちゃいけないから、おれのことは、忘れても構わない。おれをあっという間に忘れるくらいたくさんの人と出会って、たくさんのことを経験して、たくさん幸せになってくれれば、おれは嬉しい。

大丈夫、夏海ならできるよ、なんだってできる。安心して、いつだって、夏海はひとりなんかじゃないんだ。

ひとつだけ、お願いがある。

約束じゃないから、守らなくてもいいけれど。

知ったんだ、夏海のおかげで、この世界にもきっと、終わらないものもあるんだってことを。

だからお願い。いつまでも終わりがないように、いつだって未来につながる始まりがあるように。

ずっと、笑っていて。

藤原朗

なんで。

なんできみはすぐにわたしを泣かせようとするんだろう。もう泣かないって決めたのに、ぼやけてきみの言葉も見えなくなる。

でも笑う。きみが笑ってと言うのなら、涙は出るけどそれでも笑う。

幸せにだってなる。きみのいない未来をどこまでも、生きていくことだってする。

だけどきみを忘れることはない。きみと過ごしたあの夏は、きっといつまでも、忘れられずに残っていく。

あの道の途中のきみは、終わらないものはないって言った。でも、きっとそうじゃない。目的地に着いたきみが気づいたように、終わらないものは確かにあるんだ。だからわたしはそれを大切にしまって、どこまでも、生きていこうと思うよ。

きみのくれた今と、その先の道を。

「……さてと」

缶に蓋をして立ち上がる。それを手にしたままぐっと伸びをする。

空が青い、風が涼しい。

もうすぐ、夏が終わる。

さあ、まずは何をしようか。トオルに会いに行くのもいいかもしれない。今さら会おうだなんて調子のいいヤツだって怒られるかもしれないけれど今ならもう一度きちんと向き合えるような気がするんだ。

思っていることは叫べばいい。格好悪くても手を伸ばして、怖くても大きく目を見開いて。言葉にして、伝える。それをあの一瞬の夏で知ったから。あの宝物のような日々を、これからの未来につなげるために。もう一度、会いに行こう。

おしゃれをして行きたいから日曜日にはお父さんに服を買いに連れていってもらっ

て、あとは、そうだな、また海へ行くのもいいかもしれない。地図はあるから問題ない。行けることはもうわかっているし。

ひとりでも、誰かとでもいい。またあの場所へ、行きたい。

「朗」

聞こえるかな。わたしの声。

どこかで見ていたら、笑ってほしい。

「朗」

きみに会えて、本当によかった。

心から、そう思う。

大丈夫。安心して、何度も言うよ、大丈夫。

わたしはちゃんと、生きていくから。

きみがくれたわたしの未来を。

宝物みたいにきらめいた、大切な今を。

生きていくから。


「またね」

笑って。笑って。
そしてきみも笑ってくれれば。
わたしは、嬉しい。

―END―

特別編

夏の雪

夏海。

おまえに会えて、本当によかった。

夏海を初めて見つけたときのことは、今でもよく覚えている。とてもよく晴れた日だった。おれは父さんに連れられて、名前だけ置いている学校に来ていた。この高校の学長は父さんの古くからの知り合いらしくて、その縁もあって、おれは一年半ここに籍を置いていた。だけど、通えたことは一度だってない。だからおれは、季節が一周めぐった今も、変わらず一年生のままだった。

父さんは、おれのことについて話をしにきたらしい。

今さら何を話すことなんてあるんだろう。おれはそう思っていたから、無理を言ってついていったのは、もちろん一緒にその話をするためなんかじゃなかった。

隣の部屋で休ませてもらっていなさい、そう言って学長室へ入る父さんの背中を見送る。そして、隣の部屋なんて横目にすら入れずに通り過ぎて、初めて着る高校の制服に身を包んだおれは、静かな廊下をひとり歩いていた。

夏休みだったから廊下は人影がなかったけれど、どこからかいろんなかけ声や、楽器の音が聞こえていた。辺りが妙に静かなせいか、遠くから届くの音が、やけに耳に響いて聞こえた。

どこかで誰かが叫ぶ声、どこかで誰かが奏でる音。

今、この場所で、たくさんの人間が生きている。過去も、未来も、たくさんの人間が、ここで生きているんだ。毎日を好きなように、思うままに。楽しいことをして、ときどき悩んで、たまに本気で泣いて、また笑って。きっと、その日々のすべてが、眩しいくらいに綺麗なんだろう。おれには到底、わからないくらいに。

校舎の上のほうに音楽を演奏する部屋があるのか、楽器の音を辿り、何度も休憩をしながら進んでいたら、随分上の階まで来てしまっていた。そして、辿り着いたのは最後の階段。そこには立ち入り禁止のロープが貼られていたけれど、気にせずぐってその先へ進んだ。そこにあった扉のノブを、試しに回してみたら、思いがけず簡単に開いて、扉の向こうへ出られた。

そこは、夏の風が吹き抜ける屋上。眩しいほどに青い空がそこで迎えてくれていた。

その日は、雲ひとつない晴天で、高い場所にある太陽が照らす空は、心が止まってしまうくらいに綺麗で、どこまでも澄んで青いそれは、まるで夢の景色のようにおれには見えた。そう、ずっと望んでいた、遥かな青い景色のように。

もっと、もっと、近づきたくて、見つけたハシゴから、さらに高い場所へ上った。だけどまだ届かなくて、どれだけ高い場所に上っても、背伸びをして手を伸ばしても、それはおれには届かないもので。たとえ、届いたとしても、それはおれが本当に望んでいるものじゃなかったのだけれど。

ハシゴを上ったせいで疲れたから、その場に座って少し休んだ。夏の太陽はとても近いから、眩しいけれど、ぬくもりは心地いい。のんびりと、ゆっくりと。こうして過ぎていく時間を、いつまでも楽しめたら。

そんなことを、思っていたときだった。

さっき、おれが入ってきた扉が開いて、誰かがこの屋上へ来た。

綺麗な髪だと思った。少し明るいその髪は、日の光を浴びると一層きらきらと輝いて、風に揺れるその髪を、なんとなく目で追っていた。

それが止まったのは、屋上の縁。柵の付いていないそこに立ち、その知らない誰かは足元を見つめていた。

死のうとしているんだとわかった。それを止める気は、別になかった。

死にたいのなら、死ねばいい。自分の命は自分のもの、おれには口を出す権利なんてない。

だけど、ふと、思って。本当に、ふと。

空を見上げて、その青に、別の青を思って。

ああ、そうだ。おれは自分の力でそれを掴むことができないから、だったら誰かに一緒に手を伸ばしてもらったらいいいんじゃないか。

そう、思ったんだ。


なあ、夏海。

おまえはあのとき、すごく驚いた顔をしていたな。まるで幽霊でも見るような顔だった。そういえば、おれは幽霊なんじゃないかって、本当に聞いてきたっけ。今思えば失礼なヤツだよな。初対面であんなことを言うなんて礼儀がまるでなってない。おまけに少し口が悪かった。怒りっぽくて文句もたくさん言った。だけど、それでも、夏海はおれと一緒に来てくれた。手をつなげば握り返してくれて、何もできないおれを連れて、夏海はおれの前を進んでくれた。おれはそれが、すごく嬉しかった。

おれができないことは、おまえがやってくれた。おれが知らないことは、おまえが教えてくれた。知らない景色を見せてくれた。知らない味を教えてくれた。知らなかった思いを、夏海が全部、おれにくれたんだ。

夏海、あの夜のことは、覚えているかな。

布団で眠るのは初めてだった。おばあちゃんの家の布団は平べったくて硬かったけれど、病院のベッドなんかよりもずっと温かかった。

夏海は疲れたと言って、あっという間にぐうすか眠ってしまったけれど、おれはなかなか寝つけなかった。だから、毛布にくるまって目を瞑りながら、いろんなことを考えた。それは本当に、いろんなこと。初めて見た、景色やモノ。自転車の振動、夏海を怒らせた山道。死んだ子猫、知らない花。アイスを食べながら見た大きな夕日。そして、青い、風景。

いろんなことが、まぶたの奥で繰り返し繰り返し流れた。たくさんありすぎて、頭の中がパンクしそうで、でも全然そんなことはなくて。だって今までおれの中は、本当に空っぽだったから、ちょっと何かを知ったくらいじゃ少しも満杯にならなかった。

少しだけ、毛布の隙間から顔を出してみた。まぶたを開けても、閉じていたときと変わらない暗闇が待っていた。けれど、その暗闇の中、小さな寝息を立てる夏海がいて、おれはなんだか無性に安心して、そのあとすぐに、眠れたんだ。

だけど、その眠りの中で、おれはとても冷たい夢を見た。


真っ暗だった。

ほんの少しの光すらも届かない場所だった。音もなかった、風もなかった。あるのはただ、おれの存在だけで、でもそれも今にも消えてしまいそうなほどに小さかった。

助けてって叫んでも、その声は声にならない。必死で手を伸ばしても、指先は闇の中へと消えていく。寒くて、寒くて、凍えてしまいそうで。

恐ろしかった、とても。悲しかった、泣けないくらいに。もうこのまま、ここから、たったひとりで消えてしまうんじゃないかって、そう思っていた。


『朗』


おれの名前。

おれの名前が聞こえた。

何もなかった真っ暗闇の世界に、おれを呼ぶ声が、聞こえた。

何度も何度も、その声はおれの名前を呼んで、それを頼りに手を伸ばしてみたら、その声はおれの手を掴まずに、だけどおれの全部を、抱き締めてくれた。

もう、寒くはなかった。

おまえの声が聞こえたんだよ、夏海。

あのときおまえは、朝までずっとおれを抱いていてくれただろう。寝苦しくて死にそうだったっておまえは怒ったっけ。でもおれは、とても温かかった。本当に、温かかったんだよ。

あの夢の続きは、よく覚えていないけれど、とても幸せなものだった。きっと、ずっと、夏海がそばにいてくれたからだろうね。

夏海は、おれにできないことをしてくれた。だからおれも、おまえのために、おれのできるすべてのことをしてやりたいと思ったんだ。

何ができるだろうと、おれがずっと考えていたことをおまえは知らないだろう。おまえがぷんぷん怒りながら自転車を漕いでいる後ろで、おれはずっと悩んでいたんだ。だけど、思いつかなかった。おれができることなんて本当にひとつもなかったんだ。でも、あの神社でおまえの話を聞いたとき、見つけたよ。おまえが話してくれたこと。おまえは気づいていなかったようだけど、あの話は、死のうと決めた理由じゃない。生きたいと思う、心からの気持ちだった。

だから、おれは、夏海の生きる理由になろうと思ったんだ。

夏海が生きたいと望むなら、おれはおまえが死ぬそのときまで、おまえの生きる理由になろう。

誰かに愛されたいのなら、おれがおまえを愛し続けるから。だからおまえは怖がらずに、いつまでだって、生きていけばいい。

きっと大丈夫。夏海にできないことなんてないよ。だって、おれたちは見ただろう。無理だと言った、行けるわけないと言った。それでもおれたちは辿り着いた。途中、止まってしまったけれど、もう一度、あの場所からふたりで始められた。

最後の坂道は、おまえがあまりにもスピードを出すから正直少し怖かった。ブレーキくらいかけてもよかったんじゃないのか。おまえは本当に無茶をする。だけどまあ、おまえは楽しそうだったから、それはそれでいい。

だってほら、強い風の中で見た、あの景色は、忘れられないくらいに綺麗だったから。

あの、青い、海は。

夢みたいだった。空の青とは全然違った。

もっとずっと濃くて、深くて。きらきらしてるところは、夜空に少し似ていた。

初めて見た、ずっと見たかった。死んでしまう前に、一度だけ、どうしても見てみたかったんだ。

夏の海。おまえの名前と一緒だな。

おまえが見せてくれたんだよ、夏海。夏海がいたからおれは海を見られたんだ。

おれは、あの景色を、ずっとずっと忘れない。あの景色も、あのとき感じた思いも、おまえの涙も、死んだとしても忘れないから。

だって、死んだくらいで忘れられるものじゃないだろう。空っぽだったおれを埋めてくれたのはおまえだ。おれのすべてがおまえなんだよ、夏海。

おまえは知らないだろうけど。だから、涙を流したんだろうけれど。それでもおれは忘れない。

いつまでも永遠に、おまえのことを、想い続けよう。


帰り道は、夏海の父親の車に乗って帰った。

後部座席に並んで座って、互いに肩を寄せ合って眠った。その夜はもう、悪い夢は見なかった。なんの夢を見たのかは今は覚えていないけれど、目が覚めたとき、とても気分がよかったから、きっとおまえの夢でも見ていたのかもしれない。

あれが、もう夏海と会える最後の瞬間だとわかっていた。たぶん、おまえもわかっていたんだろう。もう二度と、会えることはないって。

だけどおまえはさよならなんて絶対に言わなかった。何度も何度も、またね、って、笑ってそう言っていた。また会おうね、って。

笑うその顔が、今にも泣き出しそうだったから、おれはつい笑ってしまった。そうしたらおまえは怒ったよな、なんで笑うんだって。笑ったり泣いたり怒ったり、本当に忙しいヤツだ。

だけど知ってるよ。おまえは最後には絶対に笑う。

その顔が、おれは好きだから。できれば夏海には、ずっと笑っていてほしい。

だから、おれも言っただろう。また会おう、って。

あのときおまえは涙を流した。だけど確かに笑ったよな。泣きながら、でも、心から笑った。いつまでもおまえがそうやって笑っていてくれたら。いつまでも、幸せでいてくれたら。きっとおれも幸せでいられる。何もなかったおれの人生が、夏海のおかげできらきらと輝いたから。きっとおれはこれからも、それを抱えて、ずっと幸せでいられると思うんだ。

なあ、夏海。

だからおまえも、ずっと笑って、ずっと幸せで。

おれを忘れて、好きな人をつくって。結婚して、子どもを生んで。毎日を、楽しく生きて。

いつまでも、いつまでも、ずっと、おまえの生涯が、ゆっくりと、終わっていくそのときまで。

おれがおまえを愛し続ける代わりに、おまえは幸せに、生きて。

気がつくかな、夏海。

おれの宝物を、おまえに預けるよ。

隣の部屋の人から、お菓子が入っていた缶をもらったから、それに入れておくことにした。あれだったら少しくらい雨に濡れても平気だろう。おれの大事なものとおまえへの手紙をその中に入れた。もう一度海への旅を始めたあのときみたいに、おまえが来てくれると信じているから、あそこに置いておくことにした。ちゃんと見つけてくれよ。別に少しくらい遅くなってもいいけれど、でも、なるべく早く見つけてくれ。だって、あれには、おまえに伝えたいことが入っているんだ。

おまえはどこか抜けているから心配だ。笑っていてほしいと、そう思うけれど。ひとりで泣いたりしないだろうかと。苦しいことを、抱え込んだりしないだろうかと。だから、おまえに言えてなかったことを伝えるよ。それで、少しでもおまえが救われてくれたら、おれも安心できる。


なあ、夏海。

少し、眠たい。

いろんなことを思い出したから、疲れたのかもしれない。大丈夫、あれ以来、悪い夢は見ていないよ。いつも、なんだか幸せな夢を見るんだ。

おまえはどうかな、夏海。

おまえも、おれと同じであってほしい。

おれは、おまえと出会えて本当によかった。全部全部、何もかも、おまえのおかげだ。

できれば、生まれ変わったらもう一度、おまえに会いたい。そして今度は、あんな短い間じゃなく、ずっとずっと一緒にいたい。

手をつないで、どこにでも一緒に行こう。たくさん話そう。たくさん笑い合おう。怒ってもいい、泣いてもいい。そのすべてを、一緒に感じられたのなら。

なあ、夏海。

きっと、ずっとずっと先の話だけど、そのときはまた、おれの声に、振り向いてくれるかな。

あの日のように。

ありがとう、夏海。

本当に、ありがとう。

夏海のおかげでおれは今、こんなにも全部が満たされている。

だからおれはこれからは、おまえの幸せだけを願うよ。
これから先のおまえの未来が、何よりも綺麗なものであるように。
そばにいられなくても構わない。夏海が生きているのなら。
泣きながら、迷いながら、それでも笑って、生きているのなら。
おれは夏海の心のそばで、いつまでも一緒に、生きていこう。
ずっと、ずっと。もう一度、会える日まで。

その日までどうか、幸せでいて。
いつまでもいつまでも、笑っていて。

おれは少し遠くから、だけどすぐそばで、見守っている。

それまで、少しの間だけ。
さよなら、夏海。
いつか、きっと。

また、会おう。

―END―

あとがき

はじめまして、こんにちは。沖田円と申します。この度は『一瞬の永遠を、きみと』をお手に取っていただき、本当にありがとうございます。

スターツ出版文庫より二冊目の本を出すことができました。本作は二〇一二年にケータイ小説文庫から書籍化させていただいたものに加筆修正をし、タイトルにほんの少しだけ変化を加え、生まれ変わらせたものでございます。

以前は冬に出版したのですが、今回は作品の舞台と同じ夏に出すことができました。些細なことではありますが、それだけで妙にわくわくしてしまいます。

本作は、出会ったばかりのふたりが自転車に乗って遠くの海まで旅する三日間の話です。確かこの話を最初に考えたときは、ふたりが海で出会い、海から物語が始まったのですが、いつの間にか逆に海が目的地になっておりました。その理由は単に、海をスタートにしたらどこに向かえばいいんだ……と、答えに悩んだせいなのですが、ゴールにしたら妙にしっくりきたのでした。そんなこんなで六年も前に書き上げたこの作品が二度も形になったことに驚きつつも嬉しく思い、そしてこの奇跡について多くの方に感謝致しております。

せっかくなので、この機会にわたし自身も自転車で海へ旅してみようかと思っているほどです。普段は家でごろごろするのが最上の幸せと思うほどの出不精なのですが、思い切って、今は滅多に乗らない愛チャリくん（ブルーのイケメンなクロスバイク）にまたがって、夏空の下、のんびりと海を目指してみようかしら。夏海と朗が走ったほどではないけれど、我が町からも海は遠いので、体力が持つかどうかだけが心配ですが。

ちなみに、作品内ではずっと夏海が朗を後ろに乗せて自転車を走らせておりますが、実際はこのようなふたり乗りは禁止されておりますし大変危険です。自転車が一台しかない場合は自転車を押して、ふたりで並んで歩いてくださいね。

最後に感謝の気持ちを。

サイト、そしてケータイ小説文庫でこの作品を読んでくださった皆さま。再び夏海と朗を旅に出させてくださった、担当編集の篠原さまをはじめとするスターツ出版の皆さま。一番最初に本作を見つけてくださった初代担当編集さま。表紙の夏海と朗を希望あるいろどりの中に描いてくださったイラストレーターのカスヤナガトさま。宇宙一素敵な一冊に仕上げてくださったデザイナーの西村さま。そして、この本を手に取ってくださったあなたさま。本当に本当にありがとうございました。

心から、感謝と愛を込めて。

二〇一六年七月　沖田 円

この物語はフィクションです。実在の人物、団体等とは一切関係がありません。

物語の中に、一部、法に反する事柄の記述がありますが、このような行為を行ってはいけません。

沖田 円先生へのファンレターのあて先
〒104-0031　東京都中央区京橋1-3-1　八重洲口大栄ビル7F
スターツ出版(株) 書籍編集部 気付
沖田 円先生

一瞬の永遠を、きみと

2016年7月28日　初版第１刷発行

著　者　　沖田 円　

発 行 人　　松島滋
デザイン　　西村弘美
Ｄ Ｔ Ｐ　　株式会社エストール
発 行 所　　スターツ出版株式会社
〒104-0031
東京都中央区京橋1-3-1　八重洲口大栄ビル7F
TEL　販売部　03-6202-0386（ご注文等に関するお問い合わせ）
URL　http://starts-pub.jp/
印 刷 所　　大日本印刷株式会社

Printed in Japan

ISBN　978-4-8137-0129-3　C0193

スターツ出版文庫　好評発売中!!

『最後の夏-ここに君がいたこと-』　夏原《なつはら》 雪《せつ》・著

小さな田舎町に暮らす、幼なじみの志津と陸は高校3年生。受験勉強のため夏休み返上で学校に通うふたりのもとに、海外留学中のもうひとりの幼なじみ・悠太が突然帰ってきた。密かに悠太に想いを寄せる志津は、久しぶりの再会に心躍らせる。だが、幸福な時間も束の間。悠太にまつわる、信じがたい知らせが舞い込む。やがて彼自身から告げられた悲しい真実とは…。すべてを覆すラストに感涙！

ISBN978-4-8137-0117-0 ／ 定価：本体550円＋税

『さよならさえ、嘘だというのなら』　小田《おだ》真紗美《まさみ》・著

颯大の高校に、美しい双子の兄妹が転校してきた。平和な田舎町ですぐに人気者になった兄の海斗と、頑なに心を閉ざした妹の凪子。颯大は偶然凪子の素顔を知り、惹かれていく。間もなく学校のウサギが殺され、さらにクラスの女子が何者かに襲われた。犯人にされそうになる凪子を颯大は必死に守ろうとするが…。悲しい運命に翻弄された、ふたりの切ない恋。その、予想外の結末は…？

ISBN978-4-8137-0116-3 ／ 定価：本体550円＋税

『あの夏を生きた君へ』　水野《みずの》ユーリ・著

学校でのイジメに耐えきれず、不登校になってしまった中2の千鶴。生きることすべてに嫌気が差し「死にたい」と思い詰める日々。彼女が唯一心を許していたのが祖母の存在だったが、ある夏の日、その祖母が危篤に陥ってしまいショックを受ける。そんな千鶴の前に、ユキオという不思議な少年が現れる。彼の目的は何なのか――。時を超えた切ない約束、深い縁で繋がれた命と涙の物語。

ISBN978-4-8137-0103-3 ／ 定価：本体540円＋税

『きみとぼくの、失われた時間』　つゆのあめ・著

15歳の健は、失恋し、友達とは喧嘩、両親は離婚の危機…と自分の居場所を見失っていた。神社で眠りに堕ち、目覚めた時には10年後の世界にタイムスリップ。そこでフラれた彼女、親友、家族と再会するも、みんなそれぞれ新たな道を進んでいた。居心地のいい10年後の世界。でも、健はここは自分の居場所ではない、と気づき始め…。『今』を生きる大切さを教えてくれる、青春物語！

ISBN978-4-8137-0104-0 ／ 定価：本体540円＋税

スターツ出版文庫　好評発売中!!

『いつか、眠りにつく日』　いぬじゅん・著

高２の女の子・蛍は修学旅行の途中、交通事故に遭い、命を落としてしまう。そして、案内人・クロが現れ、この世に残した未練を３つ解消しなければ、成仏できないと蛍に告げる。蛍は、未練のひとつが５年間片想いしている蓮に告白することだと気づいていた。だが、蓮を前にしてどうしても想いを伝えられない…。蛍の決心の先にあった秘密とは？　予想外のラストに、温かい涙が流れる―。

ISBN978-4-8137-0092-0 ／ 定価：本体570円＋税

『黒猫とさよならの旅』　櫻《さくら》いいよ・著

もう頑張りたくない。――高１の茉莉は、ある朝、自転車で学校に向かう途中、逃げ出したい衝動に駆られ、学校をサボり遠方の祖母の家を目指す。そんな矢先、不思議な喋る黒猫と出会った彼女は、報われない友人関係、苦痛な家族…など悲しい記憶や心の痛みすべてを、黒猫の言葉どおり消し去る。そして気づくと旅路には黒猫ともうひとり、辛い現実からエスケープした謎の少年がいた…。

ISBN978-4-8137-0080-7 ／ 定価：本体560円＋税

『15歳、終わらない3分間』　八谷《はちや》 紬《つむぎ》・著

自らの命を絶とうと、学校の屋上から飛び降りた高校１年の弥八子。けれど――気がつくとなぜか、クラスメイト４人と共に教室にいた。やがて、そこはドアや窓が開かない密室であることに気づく。時計は不気味に３分間を繰り返し、先に進まない。いったいなぜ？　そして、この５人が召喚された意味とは？…すべての謎を解く鍵は、弥八子の遠い記憶の中の“ある人物”との約束だった…。

ISBN978-4-8137-0066-1 ／ 定価：本体540円＋税

『ひとりぼっちの勇者たち』　長月《ながつき》イチカ・著

高２の月子はいじめを受け、クラスで孤立していた。そんな自分が嫌で他の誰かになれたら…と願う日々。ある日、学校の屋上に向う途中、クラスメイトの陽太とぶつかり体が入れ替わってしまう。以来、月子と陽太は幾度となく互いの体を行き来する。奇妙な日々の中、ふたりはそれぞれが抱える孤独を知り、やがてもっと大切なことに気づき始める…。小さな勇者の、愛と絆の物語。

ISBN978-4-8137-0054-8 ／ 定価：本体630円＋税